LOVE

依舊深情

莊維敏 著

Along With Time

莊維敏和先生朱會文的結婚照

中華民國九十九年十一月八日上午，

總統馬英九先生在總統府接見我們第 11 屆雙年會會員

作者全家福

左起周典樂、李敏慧、莊維敏、林澄枝女士、謝孟雄董事長、蓬丹

自序

卻顧所來徑

寫作於我而言，彷彿是在做一場芬芳的夢，夢裡所散發出的馨香之氣，總是令我情不自禁的留連追逐，兀自沉醉，捨不得醒來。然而出書則是夢中之夢，可望卻不見得可及，是需要一些因緣的。

三年前，也是在同樣的仲夏季節，我汲汲忙碌於第一本書《兩代情、一生愛》的出版，那時的心情是興奮的，把三十多年來在報章發表的零星作品收集成冊，完成了一本具體的成品，看它真真實實地展現眼前，是創作生涯多少努力的落實，更是見證了自己不曾辜負歲月足跡，畢竟將筆耕生涯，耘出一篇美麗屐痕的小小成就，私心自是竊喜縈懷。

創作是會上癮的，而能夠繼續出書的期待，也是會上癮的，這三年，心心記掛的，終究是把生活中遭遇的點點滴滴，感之於心的悸動，琢磨形於筆尖，讓驚心動魄的情懷與人分享，使文字投影成為朋友間的共鳴。令人開心與安慰的是天憐憨人，每天忙碌於教學、接送女兒、整理家務之餘，我還能忙裡偷閒、行有餘力、孜孜矻矻地寫作，更感謝的是發表不斷，累積起來，居然又達到了完成「夢中之夢」的境地了。

我於是將這些年來發表的作品收集在這本十萬字的新書中，《依舊深情》中的作品，多半是這些年來的新作，除此之外初抵美國時節，關於書寫父親和母親的文章，我更是把它們放在其中，因為那些都是我內心底處最刻骨的孺慕深情啊！回憶那時的我好哭多感而憂愁徬徨，爸爸媽媽永遠是我心頭最大的安定力量，也是鼓

舞我不斷創作的泉源，沒有他們的叮嚀、激勵，我的寫作之路是無法持續到今天的。只是遺憾啊！父親期盼多年，秋水望穿，一直等候我的個人專輯出版，可惜到他臨去，畢竟無法「美夢成真」，我在校對舊作，睹文懷想，唏噓惆悵之情，何可言宣？

　　平生鍾愛工作，唯獨教學與寫作而已，慶幸自己的半生歲月都能在這兩者之間發揮，並且深深享受個中無窮樂趣，回首來時路，真是感謝神的保守與厚愛，未來時光，相信我仍然會悠遊其內，樂而不倦，希望我能做得更多，做得更好。

　　案牘勞神，鍵盤與鍵聲齊飛，油墨共電腦一機，這是創作時的傳神寫照，道盡筆耕路上的寂寞與執著，然而能夠看到作品發表成為鉛印，甚且著書，所有的苦辛都不足掛齒了，這本書榮幸地能有名作家周愚先生為序，為《依舊深情》平添無限光彩。

　　懷念父親，懷念許多逝去的美好時光，雖然明明知道這些人與事將再也回不來了，追憶只有徒增哀傷而已，黯然面對這樣的無奈，著實令人嗟嘆；但是想起英國桂冠詩人威廉。華茲華斯《縱使我們不能讓時光倒流，草原欣榮，花卉重放，但是我們無需感嘆，寧願在殘餘的生命裡，重新尋找力量》的詩，我又獲得啟示，再次得力，奔騰向前，唯願《依舊深情》中許多的深情故事，能夠與讀者朋友結緣，能夠讓我們在殘餘的生命裡，重新尋找更多的力量。

莊維敏

鄰家的媳婦
——兼介莊維敏的《依舊深情》

　　洛杉磯人文薈萃，文友眾多，而在我的心目中，莊維敏又是眾多文友中最為特殊的一位。原因是：第一，她是我最早認識的幾位文友中的一位，那是九〇年代初，算起來已是整整二十年了，好友如好酒，愈陳愈香；第二，她是個家庭主婦，又在中文學校教學，還能持續不斷寫作，而且寫得勤，實在是難能可貴；第三，她寫作的風格，平實而純樸，言之有物，不誇張，不賣弄，最為我所認同。

　　但是，維敏最為我欣賞的一點，則是她的處世之道與待人接物。她永遠面帶笑容，誠懇而隨和。與她談話時，她都是輕聲細語，得體而大方。她儀態端莊，穿著得宜，不敷脂粉，淡雅樸素。每有聚會，則總是低調、默默地參與，不搶人光采，不爭上鏡頭。她不嬌柔、不做作，嫻靜、婉約，有種與眾不同、似淡淡的幽香的誘惑力。和她在一起時，則有種說不出的親切感，我總禁不住想多和她聊幾句，和多相處幾分鐘。她在我的眼中和心目中，是個可以無話不談，並且和藹、善良，更能善解人意的鄰家的媳婦。

　　幾天前和她相遇時，她告訴我她又將出一本散文集。這使我相當驚訝，因為不久前她才剛出過一本散文集《兩代情、一生愛》，這麼快又要出另一本了。但當她繼而說要請我為她寫序時，我除了驚訝外，更感到高興，因為必定是因她也把我當成是位好友，我才會有這份榮幸的。

7

　　她當晚就把她預計收錄於書中的六十九篇文章用電郵寄給我，我看後，首先使我讚賞的是她的書名《依舊深情》。她的兩本書，書名中都有一個「情」字。在我剛上初中開始作文時，老師如果在卷後批上「文情並茂」四個字，那一定是一篇好的作文。也就是從那時起，我就知道，與「文」關係最深的，就是「情」，兩者是互為犄角，相輔相成，絕對不可分離的。文字寫得再美，如果缺少了「情」，就如同烹飪雖用昂貴的食材，卻未加調味，吃來索然無味；或是一個絕代美女，但患了貧血症，蒼白而無力，看來楚楚可憐。而維敏的每篇文章，則都有動人的「文」和感人的「情」，就如同享用一道調味得宜的佳肴，或是欣賞一位有血色的健康美女。

　　維敏的六十九篇文章，其實幾乎以前我全都看過，因為都是她曾經在台、美兩地報紙的副刊上發表過的，而我也是這些副刊的讀者，但是當我收到她的電郵時，仍是迫不及待地把它一口氣讀完。因為好文章值得一讀再讀，每多讀一次，必又多有一番新的心得；每多讀多一次，必又多有一些新的感觸。人們常喜用「百聽不厭」來形容一首好聽的歌，但是我想，如用「百讀不厭」來形容維敏的文章，也是非帶貼切的。

　　在維敏收錄於《依舊深情》的六十九篇文章裡，所談的與「情」字直接關連的包括有母女情、婆媳情、夫妻間的愛情、朋友間的友情等等，這些我固然都喜歡，但即使不一定看得到「情」字，卻一樣情深的篇章，如要女兒學中文，參加國語演講比賽，帶女兒學鋼琴，甚至自己學游泳，載浮載沉的尷尬，讀來更覺趣味盎然。文中有多篇與台灣有關的鄉情，也有敘述美國節日歡樂的情景，的確，我們都會懷念生長和成長的家鄉，但也要感激現在讓我們生活著的這塊土地。還有一些篇章，如生長在美國，已經「洋化」了的女兒，因東西文化的差異而與父母溝通不易；遭逢傷病的痛楚，無法阻止

年紀漸長的心態；拿到交通罰單，和物價漲薪水卻不漲的無奈，這些也都是發生在你我身邊的事情，因此讀來更是心有戚戚焉！

身為一位作者，維敏在先天上和後天上都有許多項優點。先天上，她畢業於師大國文系，又在台、美兩地擔任中文教師迄今，中文寫作對她來說，應是「科班出身」，這一點，是我這個自謔為「行伍出身」或「半路出家」的作者所最為羨慕的。後天上，她寫作勤奮、持續、主動、積極，這一點，則是我這個拖拖拉拉，不到最後一分鐘不動筆的作者最感慚愧的。

最後我要說的，當然還是鄭重的向讀者們推薦，《依舊深情》是一本不容錯過的好書。我並祝福，也期待著維敏佳作源源不斷，以後再出更多好書。

周愚

二〇一〇年仲秋於洛杉磯

周愚先生與作者合照

目次

11

貳、感念篇

參、感悟篇

壹、感懷篇

依舊深情

　　放學時候，一位吳姓家長趁著接孩子之便，塞給我一包食物：
「這是我剛才從叔叔家摘來的桂圓，好甜好甜，老師妳就趁著新
鮮，趕快吃掉吧！東西不多，聊供打打牙祭罷了，請勿介意！」「什
麼？在美國也可以栽種桂圓樹啊？這可是我頭一回聽到哩！物以
稀為貴，這真是『珍品』，我得『省吃儉用』呢！謝謝妳讓我分享
這樣特殊、昂貴又難得的新鮮水果，這份盛情，可真令人感動！」

　　八年前暑假，第一次帶女兒回台灣，台南水交社空軍眷區內的
老家，桂圓樹在蟬鳴季節裡，與熱鬧的蟬聲共舞，透露無盡的昂然
生意，但見纍纍果實，盈盈下垂，粒粒圓熟，秀色可餐，六歲的女
兒康寧，小小的個頭，騎在舅舅肩膀上，認真而努力的肆意採擷，
並且邊摘邊吃，嚐盡美味與興奮，好不得意，那開心的模樣，始終
是我們心扉間最難忘懷的一頁美麗記憶。

　　女兒從此愛上桂圓，除了它香醇甜美之外，我想外婆家的攀摘
樂趣，應該是最大的一份情懷吧！只可惜，緣於眷區改建，老宅被
封，女兒想重溫舊夢的盼望，畢竟成空。這些年，我們又回了幾趟
台灣，眷區的所有屋舍都已淨空，無電無水，已經成為空城，為了
防止宵小及流浪漢在其中滯留作亂，政府用鐵柵欄杆包圍封鎖，即
使我們遠從美國返鄉，竟也不得其門而入，便縱是強烈地感受到歷
歷往事好像隔著時空的窗口，對我們頻頻招手呼喚，而我們卻只有
輕嘆咫尺天涯，端是無奈地在欄外眺望的份。但見雜草叢生，斷垣
頹壁，一片蕭條，滿目滄桑，心頭真有說不出的惆悵，不解世事的

女兒還頻頻詢問：「媽媽，外婆的桂圓樹真的再也碰不得了嗎？」她一心掛念的事，就只是那只有一回邂逅的經歷，而我念茲在茲的卻是伴我大半生成長的故園回憶，正低迴徘徊在昔日時光的依依傷懷中，自顧不暇，又那有心緒安撫她的桂圓之戀呢？

回到家，我小心翼翼地打開塑膠袋，可想而知，一家人面對這稀奇的禮物，張著大眼睛驚叫的神情，體貼的先生首先放棄享受的權利：「我牙齒痛，不能吃上火的食物，就留給諸位好好享用吧！」

女兒自是迫不及待地抓住幾顆就往嘴巴塞去，「媽媽，好棒！跟外婆家的桂圓一樣的甜，只是再也不能回到妳的老家去了，我真的真的好想台南，好想那年摘桂圓的時光！」她在講話中透露無限神往的表情，真令人動容。而癡呆的老母，更是喃喃自語不斷：「哇！我們家中的桂圓樹這個時候，想必又吸引一大堆調皮小孩的偷採了吧？等明年我回台灣時，一定要吃個夠，吃來吃去，還是我們老家的桂圓最是碩大肥美！」

這一老一少，各說各話，都觸動了我感傷嘆舊的心弦。失憶的母親即便是在新家也住過好一陣子，但她的記憶卻一直鎖在久遠前的曾經，我忍住已至唇邊要和她爭論的話語，想想說了也是白說，徒然費神，引起不快，何不就讓那份貼心的過往煙雲，在她逐漸枯竭萎縮的炎腦中生根吧！而女兒的喟息，我亦無力挽回，連安慰的勁都提不起，畢竟，這就是人生，她終究要從失去之中學會長大的啊！

「人情懷於故土」，一夕故園情，那首〈菩堤樹〉的歌，突然在我的腦海中此際暫生了——

井旁邊大門前面，有一顆菩堤樹，我曾在樹蔭底下，做過甜夢無數！我曾在樹皮上面，刻過寵句無數，歡樂和痛苦時候，常常走近這樹，常常走近這樹。

其實，對老家的那顆桂圓樹，我心中繫掛的情衷，不亦如斯？

今晚，緣於這包桂圓，激盪起我們一家對故鄉老厝的一片「依舊深情」，這層層翻騰如波濤般的濃烈思念，可真不是一時可以平靜的呢！

女兒康寧採摘桂圓時的快樂情景

一盞明燈

　　孩提時候，最喜歡哼的歌，莫過於是那首〈哥哥爸爸真偉大〉了。因為，我有一個每天要穿軍服，而穿上了軍服又雄姿煥發、英俊瀟灑，常常令我引以為榮的革命軍人的父親。

　　及長，入了學，每逢人家問我爸爸叫什麼名字時，我總是毫不考慮的大聲回答：「我爸叫做『莊家的燈』。」這樣的答案常常惹得他們哈哈大笑，因為爸爸的名字只有「莊家登」而已，而想像力特豐，又自以為聰明的我，不知道原來人的名字只是代表一個人的唯一「符號」，豈容隨意更改呢？

　　但不管如何的不合常理，我總是固執地要把爸的名字穿鑿附會、物體化的這種直覺式的反應，實是根植於小小心靈中，對父親的崇拜與感激。因為他加於我身上的一切一切，恰如黑暗中的一盞明燈，是那般盡其所以、無所怨言的呵護、關愛與照顧、給我溫暖與光明，不論長夜漫漫或曉來淒淒，這盞燈總是永不休止、永不熄滅地燃燒自己、照亮我們。

　　提起爸爸，就是一串美麗的謳歌，只要是能夠想像得到的稱讚詞，我都要往他身上堆積、儲藏，什麼英俊啊、善良啊！負責任囉！或是勤快喲！熱心啊！我相信這些可愛的形容詞他是當之無愧的，總之，他是我們家中的宇宙，生活的屏障，我喜歡爸爸。

　　我的家兄弟姊妹眾多，六個連續安打，一年半來一個，兒女成群，忙於「生產」大業的結果，使媽媽疲累不堪，而爸爸亦苦於應付子女們的開口就哭，張口就吃，閉口則拉撒的兒童世界，每天忙

於白天的公務外，下班後就要窮於力拚另一場掙扎戰，什麼洗尿片、餵牛奶的，都得一肩挑起，因為媽媽也要上班，故必得全心支援，這樣兩邊打工的結果，才換得我們這些發育不良的小兒女緩緩成長，這個家靠著他的慘澹經營，方能漸入軌道。

對爸爸印象最深的便是他的勤快，他愛乾淨的過份近乎潔癖，因為他愛周遭環境的整潔，所以當我們還小小年紀時，他就訓練我們的打掃能力，可惜我個子小，力量不夠，即使有心為之，也往往力不逮焉，因而也常常令他嘆氣：「唉！區區掃地清潔之事，都做不好，將來怎麼做大事喲！」我很傷心地對爸撒賴：「爸，你不是說，您最疼我嗎？既然愛我，就應該別叫我做事嘛！」

「是啊！越是愛妳，對妳的要求也就越高，就越要叫妳做事嘛！這叫做『愛之深，責之切』，妳難道不明白我的用心良苦嗎？」（哦！愛原來就是要鍛鍊她，給她苦頭吃嘛？）

直至我長大，勤勞的習慣沒養成，倒是爸的勤快、愛乾淨的特質猶不變色，只是他對我們要求的尺度則日益放寬，或許是他對我們絞盡腦汁、席不暇暖、兢兢業業於應對人生的壓力、體力時而不繼的現況，頗為憐愛，也不忍多所苛責，故而他就只有加倍的躬親「勞其筋骨，空乏其身」「累他千遍也不厭倦」了。

因此每到週末，就是他的「勞動節」了，尤其是周日清晨，天剛微曦，他就如早起的鳥一般，乒乒乓乓地走進走出，開動洗衣機、打開水龍頭、洗衣、刷地、澆花、清水溝，一切按步驟，有條理的行動，他的革命軍人本色一露無遺，速度快則快矣；但「高分貝」的雜音污染，真可謂「打起擴音器，周周驚好夢」，常令我們為之氣憤莫名，好不容易熬到七點半，清掃工程終於結束，大地恢復平靜，我們正心喜於美夢再續的好時光要來臨時，不意他的徵集令竟

然響起：「各位女士、先生，香噴噴的早餐已準備好了，請高昇享用吧！」

然後就聽到他咕嚕咕嚕牛飲三大碗的「立體音響」，一種滿意「嗯！今天的稀飯真棒。」我每次抗議老爸要發揮「公德心」，請多給予我們精神上的成全，否則真有「妨礙安寧」的嫌疑，可處罰鍰示警了，但見他一付冤哉枉也的神情：「小姐，天下那有這樣『打著探照燈也找不著』的好爸爸，簡直是服務到家了，妳還有何可挑剔不滿的呢？」哈！面對他的恬淡知足，純然忘機，小女子復有何言？

他的福州國語，又實在可愛，夏天怕熱，他總是一日洗（澡）三回，油脂盡盡，可是每次若見我們也要往浴室報到時，他又總是謙讓：「好吧！就讓妳先『死』（洗），我後『死』（洗）吧！」我往往調皮的回答：「老爸，還早呢？我現在一點也不想『死』呢？」。他對我的模仿天才，實在消受不了，尤其是對他的——「快來吃『絲』（西）瓜囉！」或是「你不要『揭』（折）磨我吧！」「好好『翹』（笑），真是『翹』壞人哪！」「哈！這次客由老爸先『搶』（請），下次再讓妳『搶』吧！」學得唯妙唯肖，甚為不滿。

他尤其厭惡我在眾人之前，拿出國文老師的威儀，有恃無恐，吹毛求疵地糾正他的不「飄」（標）準發音，認為這樣有傷他那份老而脆弱的自尊心，我雖提醒自己要自我約束，又常不免於得意忘形、小人得志地一錯再錯，可是待賓客散盡，方才了悟內咎於「把自己的快樂，建築在別人痛苦上」的不道德時，懊惱傷懷抱，但每回爸見我事後頗有悔意的誠心，又不免心疼的「大人不計小人過」的姑息我、寬待我，這樣的大肚能容，或許世間，也唯有做父母的，才具備有這樣的器度吧！

　　他的善良，也常教我們嘆為觀止，譬如說去探望朋友時，在路上遇見騙子偽言：「先生，對不起，我是新竹來的老師，因為錢被扒了，連回家的路費都沒了，可不可以借我五十元，以後一定奉還。」他看人言者戚戚，不免心動，往往大方地塞給對方一百元，天曉得，他自己並不富有，甚而手頭拮据呢？

　　但事後朋友笑他傻，譏他為「好得沒原則的爛好人」後，他非但不以為忤，反一笑置之，因此我也常損老爸：「哈！要欺騙你的感情，可真是天下最容易的事了。」誰知他卻義正嚴詞的回答我：「我以心對人，旁人何忍欺我？也許吃虧上當是一兩回的事，但我求心之所安，旁人即使佔得有形的便宜，但心靈的譴責與動盪不安，無異自陷苦海，何如我磊落光明，此身何處不悠然呢？」我因此在爸的「爛好人」的稱號外，有了另一層的認識與敬佩。

　　我高中時，他遭遇了一場車禍，令他的腿彎曲難行，從此成了氣象台，每到冬來，痛不可當，偏偏他的潔癖，讓他在清洗鴿籠時，不慎扭傷腰骨，又加庸醫誤診，導致舉步維艱，幾不能動的困境，痛急亂找醫的結果，使他在兩年之間南來北往，僕僕於遍尋良醫的道途上而辛苦莫名，看他痛苦、消沉的慘狀，我在愛莫能助的情境下，因此懷恨於鴿，便趁爸不在家時，偷偷把鴿子送往屏東親戚家，叮嚀他們一年之內看好諸鴿，切莫讓它們「天際識歸路」，怎奈老爸歸家，但見鴿去籠空，黯然神傷好一陣子，為了怕觸景生情，他便只有將鴿籠拆除，我心方安，以為老爸的心，已像院中騰出的一方寬廣的角落了。

　　誰知一年半載後的某一個黃昏，家中牆上突然佇立幾隻灰鳥，任你如何催趕，牠們都竟夕留連，甚且時而飛到院中覓食，要不低空徘徊，久久不去，直到見到老爸，居然輕輕向他飛去，爸爸識得鴿腳上的印記，不禁欣喜於「無可奈何花落去，似曾相識『鴿』歸

來」的意外，感極而泣地喃喃自語：「牠們畢竟不曾空負我的疼愛，真是有心『人』啊！」我看到這種人鴿之愛的感人畫面，念起了「野老與人爭席罷，海鷗何事更相疑」的詩句，才發現自己狠心地將鴿與爸分開的動機，原是那般愚孝地無聊，好不惆悵。

那一年的冬天，為了拔掉兩顆畸形的智齒，而讓我失血過多，竟然教我住了三天醫院。更沒料得到原計出院的當天，一場盤尼西林的嚴重過敏，讓我誤了歸期，豈知曉，我在兩針強心劑搶救下，正在生死線上掙扎的一刻，恰是老爸的心無名慌亂的同時，他憂心忡忡地打電話回家，竟然無人應接，他恁是如坐針氈，無心辦事，直覺地以為必定出了事，甚至沒有勇氣打電話到醫院詢問。

於是他破了以往不輕易請假的特例，從高雄直赴台南的醫院探望，看見我首如飛蓬，蒼白無力的斜靠床邊，便焦心如焚的急問：「孩子，妳沒事吧？」我於是一串串大顆眼淚直下，哽咽哭訴：「爸，好險，好可怕喲！您差點就看不到這個淘氣的女兒囉！」於是父女相擁，泣不成聲，恍若隔世，這其間摻雜著莫名的恐懼、悲涼，與死裡逃生的慶幸，一言難盡呀！

爸便紅著眼眶，娓娓細說他這一天的不寧，似有不幸發生的預感，心有靈犀一點通，父女心電感應契合的玄虛與不可理解，真是我此生不敢或忘的經驗，我也因此才算真正領會「父母唯其子疾之憂」的意義是什麼了。

爸喜歡唱歌，卻常一句驚天動地的「高山青」後，就是餘音渺渺，漸至無聲，好像初動的春雷一般，這種來得急，去得也快的「不速之歌」，常是令我們好端端地專心做事時，得隨時提防被嚇得心驚膽跳的「噪音干擾」。他尤其鍾愛〈台灣好〉這首歌，他也尤其會吼「台灣好」這三個字的前奏，因此我常封他為「一句歌王」，他也樂於受此封號而常「短歌出擊」。

　　也許是受了染色體基因的「想當然爾」的遺傳相近之故，我也是命定的高音不成，低音不就的五音不全者，這樣來自本來的「先天不良」，就讓我習慣於自卑在群眾間的獻醜了，可是為了實踐答應學生在他們畢業旅行時「義唱」一首歌的諾言，為了避免破壞形象（我一直孤芳自賞，誤以為自己很有「完美氣質」的），因此狠心花了鉅款，購置一台卡拉 OK，想勤能補拙一番的，誰知電腦無情，破歌喉一上陣，恁憑我聲嘶力竭，多麼認真，計分表上居然無所遁音，真是「阿拉不 OK」了，二十八分始終不長進的紀錄，真令我百囀千回，含淚吞聲。倒是爸的那一句「昨夜的，昨夜的星辰……」一吼，就是四十五分，他因此信心大增，每晚勤練，樂此不疲，伴唱機花了我不少私房錢，也澆濕了我一展歌喉的夙願，可是見爸逐漸高昂的興致，我心甚喜於以有限的金錢換來無涯歡樂的安慰。

　　誰知人生的因緣際會無憑，當年總被譏笑為戀父情結頗重的我，在姻緣大道上，為了要找尋和父親一樣完美的「模範」丈夫，因而遲遲吾行，在一番「過盡千帆皆不是」「揀盡寒枝不肯棲」的拖延後，一旦擇到良木，竟然等不到學生的畢業旅行來臨，卻必須遠走高飛了。就像出了籠的金絲雀，展翅揚長而去，做父母的不免一則以喜，一則以憂，只有無奈地淚眼巴巴地「瞧」著她翅膀長硬，長空萬里喜翱翔而不忍羈絆，但在內心深處卻又放心不下這長長的牽牽掛掛，叮叮嚀嚀的，永不嫌多，此心此情莫非真如曹雪芹筆下的「世人都曉神仙好，唯有兒孫忘不了，癡心父母古來多，孝順子孫誰見了」？

　　赴美前夕，我把心愛的卡拉 OK「寶刀贈英雄」地慷慨送給親愛的老爸，希望他在退休無聊的白日裡，能夠在「愈來愈長大的電腦高分中，沖淡對我的思念，待他日，我重回台灣時候，能夠看到這『一句歌王』和林淑容分庭抗禮的局面。」父親笑呵呵地瞇著眼

說：「我豈能讓妳割愛，放心，這次妳行李太多，抬不走，他日看我，我一定想辦法『物歸原主』的。」

沒想到苦於痛風而雙腳不良於行，幾乎不出遠門的老爸，為了懸念女兒，撐了才出醫院的病體，帶了兩大包的藥物，竟然隨旅行團萬里長征美西。捱過了十多天一站一站的驛旅風塵，終於到了洛杉磯和我團聚，打開他那膨脹的旅行袋，兩大皮箱中，屬於他的只有輕便的幾件換洗衣物而已，其餘塞滿了布鞋、新衣、書刊，竟全是我的專利品，而翻到箱底，赫然出現眼簾的乃是一手提箱的卡拉OK 錄音帶，我嫌他：「真無聊，這麼大體積的東西帶來幹嘛？又沒伴唱機，無異『英雄無用武之地』嘛！」

他很傷心於我的不領情，才告知力排眾議，在家庭會議一致不通過之餘，好不容易才爭取到退而求其次，方能借「帶」同行的委屈，怎料得竟碰到我的不識好歹？唉！我嬌嗔的嫌棄中，其實是包括了多少對父母「路有多長，愛就有多深」的無以回報的歉疚，他豈能知？

我們在 Santa Babara 山邊水涯畔的大哥家，停留一個月，大哥休假兩週陪我們四處逛逛，大哥重回工作崗位之後，多是我們父女獨處的時間，他仍不改舊習，天明即起，掃著落葉，勤快非常（我戲言大哥可發給老爸永久居留權了），並對後院中的那幾顆「下自成蹊」不言的桃李，更為喜愛，朝夕品味，竟有達一日數十粒之多的紀錄。黃昏裡，他拖著緩慢的腳步伴我徜徉於海天一色、風和日麗的加州美景中，而聽我絮絮叨叨，細說別後氾濫的鄉愁，什麼「洛陽親友若相問，一片冰心在玉壺」的多感，或是日常大小瑣碎雜事，他總不嫌煩地照單全收，真是我最忠實的聽眾。

日子彷彿踏回時光隧道，當年那個紮著蝴蝶結的馬尾巴、一甩一甩又蹦又跳的、重複又重複地說著「大野狼」來了的故事的小女

兒，又黏著爸爸撒嬌的情景，又一一重現，我們父女在拋下了工作重擔，俱成了無業遊民之後，在異國遊蹤裡，好難得才有這樣的一段親暱、悠閒談心的共話天倫時光，我因而更加珍惜，視為珍寶。

我突然悟到，兒女長大了，就如同茂盛的枝葉，不斷的往高空發展，距離因此越拉越長，甚至不再理會那營養供給處的樹根了，而老根卻依然深深戀著故土，守著枝葉不肯捨去，其實做父母的，也有他們痴傻的一面，只是，桀傲不馴的孩子們，何曾知曉？我又覺得：孩子們其實不也像那漸漸高飛的風箏？線的那頭，只見它們脫離了地面狹窄的束縛，乘風萬里逍遙而去，愜意無比，正滿足於高處的「天空任我遊」的自得，兀自嚮往在縹緲無蹤影的瀚海境界裡而不肯回頭，殊不知，線的這端，放風箏者，正秋水望穿，雙手緊握線團的凝視，殷勤顧盼，猶恐一個不經意的閃失，風箏就再也不見了，唉！他們一方面期望它飛得更高，看得更遠，再方面又擔心它們在廣闊的雲深不知處中迷失方向，而不記來時路了，這樣的矛盾，不正是父母糾糾結結，纏了又繞，繞了又纏的多苦的心嚜？

長夏盡了，我和父親終於要話別了，候機室中，人群往來，熙攘不斷，一片紛雜，脫了點的班機姍姍不至，我們從早晨九點耗到下午一點，播音室仍重複播著飛機遲到的消息，看見爸爸焦急、張望的眼神透著不安，一方面不捨離去，另方面又擔心我們等得太累，而耽誤了我們的「美國」時間，他就是這麼一個細心又體貼慈祥的長者；我的心更是時起時伏，多希望爸能留下來伴我長住，但又知他安土重遷，不捨老媽的過客心的不踏實，又好希望他規律的生活趕快恢復，故而在「等待」中，心境也是上下煎熬忐忑不寧。

終於「爸爸的飛機」著地了，看他急急拖著那滿是包裝了毛巾、床單要分贈親友表達「千里鵝毛，禮輕意重」的超載行李，步履蹣跚地踽踽前行，我知道「送君千里，終須一別」的時刻畢竟到了，

唯有強忍淚水，誇張的傻笑，告知我會善自珍攝的承諾，然後見爸「義不反顧」的加快步伐前進，又是一拐一拐的形影在我眼前晃盪。

跛行天涯，跛行天涯，這光景不禁令我回想起那個童年時候，曾有一個騎著腳踏車，後載老媽，前有妹妹和我的年輕爸爸，冒著淒冷的寒流，正興致盎然，用力一蹬一蹬踏著車輪要和我們一同分享「狸貓換太子」晚場電影的快樂，想那時爸才三十出頭，正是意氣風發，騎姿不可一世，怎堪它物換星移，腳踏車已鐵鏽叢生，而父親也滿頭銀絲了，父親已老，但他依然要拼卻今生，為兒為女，犧牲奉獻，仍要散發那逐漸微弱的光芒，想要守護我們一輩子。

想到「待他日，我們也將會有兒有女，也要成為別人父母，但我知道即使我們如何支付，都將永遠無法和我們的父母所給與我們的相提並論」，就覺無限慚愧。親愛的老爸爸啊！今生今世您永是我們心中最明亮的一盞燈影，引我們前行，這份恩情，山高水深，將何以回饋？執筆至此，我突然記起這段歌詞「走遍世界各地，走過大街小巷，我最愛家裡的那盞明燈，它曾照耀我歲歲年年」，是的，我也要大聲驕傲的再說一遍：「我也最愛家裡的那盞明燈，因為我爸爸就是那個『莊家的燈』啊！」

作者與爸爸同遊溪頭

老爸與老酒

　　都說「老酒好飲」，但不諳酒性，不懂酒酣耳熱的痛快的我，跟酒是沾不到邊的。可是，每年冬天，我卻最喜歡看老爸調製老酒的情景。其實所謂的老酒乃是指福州人暱稱的「親製米酒」而已，它不僅味醇，更是烹佐的佳品，所以深獲福州同鄉的鍾愛。

　　童年時候，它曾帶給我們許多「迎年」的等待，彷彿也是一項頗有韻味的豐收節目。

　　記憶中，每到歲暮時分，在台北上班的老爸就會帶回大包、小包的紅麴與白麴。週六的一大早，就會看到老爸興味十足的捲起衣袖，升起煤球，開始一大蒸籠一大蒸籠的蒸著糯米。雖然窗外冷冽非常，但他忙進忙出的，反倒是汗流浹背，頻頻揮汗呢。

　　總會看到地上舖著一張張厚實寬大的牛皮紙，一顆顆晶瑩剔透的圓糯米躺在其上「納涼」。據說沒有涼透的米，釀的酒會發酸。因而那天我家狹小的客廳往往是擠滿了一堆又一堆的白珍珠，在那兒閃閃發亮，壯觀地很！

　　黃昏時候，另一場重頭戲就要開鑼了，家中牆角，被冷凍了近一年的那兩個紅磚色的大酒甕，才開始了一年一度被「寵幸」的時光。

　　只見一層白米，一把紅麴，一匙白麴，就這樣一道一道的在酒甕裡堆砌，累積到三分之二甕時，就可看到爸爸在小小的甕口上放著一個飯碗，被折騰了一天的他，總算大功告成的可喘口氣了，剩下的就只有靜待佳釀慢慢發酵了。

　　常常，爸爸會在酒封口之後，利用所剩的糯米，大煮其拿手的福州鹹稀飯，白菜、碎肉加上碗豆、蔥花，一鍋熱騰騰的濃粥，散著芬芳，在寒冬的靜夜裡，一家人吞食爸爸的傑作，因為一年一度，所以我們都很捧場，經常是狼吞虎嚥，不喝下幾碗是不肯罷休的。

　　此後，每隔幾天，爸在北部工作時，媽媽就接掌了用大瓢攪動酒甕的職務。放在浴室角落的兩個大酒醰，經過熱氣的薰陶，似有似無的散放出美酒的香醇來，即使是不識酒道，但卻也有幾分醉醺醺的陶然感。

　　三十年前，台灣一切生活都甚清苦，一則因公賣局的酒價位稍昂，對一般人而言，也算是奢侈品了。除此之外，主要是福州人喝慣了的自製米酒，所謂：「一口家鄉味，一份故鄉情。」再者，隨酒而出的酒糟，可以烹出許多美味的正宗福州紅糟菜餚，充實了年夜飯的內容，這幾種原因，促成了老爸愛造家鄉酒的緣由。

　　年年，做酒時候來臨時，看爸、媽起勁動工，趕辦這項年貨的光景，我們做孩子的心也跟著莫名其妙的興奮起來，因為我們知道，除了又有一頓可口的鹹稀飯可吃外，再接著，我們最渴望的新年又緊接而至。

　　貧窮的孩提歲月，一年難得幾節有豐富的佳餚可吃，粗茶淡飯太久，對秀色可餐的年夜飯自是引頸翹首的盼望，種種「過年」才有的特權，都是份甜美的等待與希望，所以自然而然連帶的好喜歡這個「釀酒時節」囉！只因為它拉開了年的序幕！

　　雖然，土法做酒的過程滿辛苦，兩個月的等待發酵時期，尤須小心照顧，一不留心，也許只是一個小差錯，就會導致全缸皆「醋」，心血白費的厄運。

　　但，爸媽年年仍興致頗濃的按時「做功課」，他們的快樂不只是建築在美酒問「世」後，分贈鄉親，大家「有酒一起醉，有糟一

起嚐」的「獨樂樂，不如眾樂樂」的分享的高境界上；更重要的乃是他們的鄉愁，也藉著這一瓶瓶琥珀般透徹的醇酒，這一粒粒鮮艷的糟色中，回到他們竟夕不能忘的故鄉去了……。

而臘鼓頻催，匆匆，一年容易又到冬，爸媽已漸行漸老，體力大不如前，「私酒生涯」，已力不從心，難得回台，酒與糟也只是妝點餐桌上的一、兩碟小菜而已。

爸說：「下次，妳過年時再回來吧！我好好再釀一些我們的福州老酒，再多做一些酒糟，給妳帶到美國去，想家的時候，就拿出來烹一些福州菜吃吃，也可聊以遣懷啊！」唉！可憐天下父母心，原是如此痴迷！

先生是湖南人，是不懂得品味此道的樂趣，而我這個不會說方言的福州佬，在異鄉孤獨的沉醉家鄉味的同時，心中所思的仍是念我至深的雙親大人。想著他們愛我一生，照顧我幾十年，在他們風燭殘年需要反哺的垂老時刻，我卻像逃兵一般的擅自飄泊天涯，幾年難得回去一次，想到這裡慚愧自責的淚水又禁不住的掉下來了……

什麼時候，羈留遠方遲歸的遊子，才能再像昔日一般，和他們共享釀酒的歡樂時刻？雖然笨手笨腳的我，即使是只會幫倒忙的在旁湊熱鬧一番也好。

忒煞情多

　　好友趕回台灣探望她病重的老母，心中卻對不能陪一雙兒女度過一個溫馨的感恩節而耿耿於懷。唉！秋天是豐收的季節，也是感恩的時刻，只是啊！我卻總愛想起〈秋聲賦〉中的那段話——「嗟乎，草木無情，有時飄零。人為動物，惟物之靈。百憂感其心，萬事勞其形。有動于中，必搖其精。而況思其力之所不及，憂其智之所不能……」終不免百憂感心！

＊　　　　＊　　　　＊

　　前年的感恩節，父親因為病況危急，送入加護病房急救。去年的感恩節，父親已經到了人生終站。而今年的感恩節，父親已離世快一年。一樣的節日，烙在我心頭的淒楚傷懷，始終是揮之不去。

　　總會想到那段日子在醫院看到的點點滴滴，許多生命中的摯情，在病房中不斷地交替流轉，是誰說「久病床前無孝子」，又是誰說「夫妻本是同林鳥，大難來時各自飛」？你如果在病房看到，一定會感動於人生何處無真情。

　　「老伴，妳張開眼睛瞧瞧，我給妳塗上妳最愛的鮮紅色唇膏，還有這最流行的橙色指甲油，好漂亮嘞！妳看看，配上妳的皮膚，可真美呢！」這是四〇一室病床的八十三歲高齡老人，對著他因為腦手術而成為植物人的老妻的呼喚！那般不假修飾的語言，句句真情流露，令人不忍卒聽。

　　李伯母昏迷已經三個月了，不會開車又住在遠處的李伯伯，想盡辦法託人接送，也不過只能一周探望太太一次。但每一次來，他都不忘給愛漂亮的李伯母打扮得時時髦髦，方才離去。他說：「老伴，妳一生愛美，怎受得了醫院沒有色彩的日子啊！我來看妳一次不容易，妳千萬得為我張張眼吧！我只要妳看我一眼，對我笑笑，我就滿足啦！」

　　說著說著，李伯伯又是一把眼淚一把鼻涕的老淚縱橫，這情景真教人心酸呀！而後一周周、一月月，連續劇播了又播，劇中人老了又老，但劇情不變，真情不改。

　　「莊小姐，爸爸的尿毒腫脹消退了沒？」童媽媽問我。

　　「沒有，他現在身上居然有血水不停地從傷口滲出，眼睛已看不見了，耳朵也聽不到了。唉！真教人心碎。那位菲籍護士對我說：『妳若真愛妳爹地的話，怎忍心坐視他如此屈辱於各種維生系統的層層糾纏？這簡直是人生最悲慘的折磨嘛，就讓他平靜的去吧！他會感激妳對他的成全的。』是的，只要我點個頭，醫生會扯掉掛在他脖子上的呼吸器，爸爸所有千辛萬苦的病痛摧殘，就將一了百了。但是我怎忍心？我怎捨得？天啦！為什麼愛是這麼痛苦的抉擇？」

　　「妳已經盡力了！一個剛出生的嬰兒，一個突然發病又纏綿床第的老父，也把妳累壞了，真是難為妳了。他若有什麼不幸，也是他的命啊！不要太悲傷了。」童媽媽無奈地安慰我。

　　我還來不及向她的關心致意，只見童伯伯的主治醫生緩緩從門外進來，面色沉重地對她說：「很抱歉、也很遺憾的是，童先生在手術後四個月的醫療過程，沒有一絲清醒的跡象，根據我以往的經驗，這種病是很難醒過來了。你們要有心理準備；倘若照顧得好，他的植物人生涯可能拖幾年，病人和家屬都會經歷長期抗戰的艱

苦;倘若他的底子不好,或許只是一、兩年的事了。你們要堅強啊!多保重。」

「哇!怎麼會這樣呢?我不相信。他上手術台的前一刻,還對我說:『安啦!我爸媽都活到八十幾歲才過世,我想我不是短命之相,總不會那麼倒楣,醒不過來吧!』他的言語彷彿還在耳畔,而事情怎會演變如此?」童伯母的哭聲突地爆發出來,且不可收拾。同病相憐的苦楚,若非遭遇,何能體會?

已苦了一百多天的童伯母,從此更是起早趕晚地奔波於轉三道車、花費六小時行程的服侍生涯。她懷著不死的幻想,攜著裝有平劇錄音帶的隨身聽,掛在童伯伯的耳畔,一遍遍呢喃:「老伴,你聽懂這是那一齣戲吧!它可是你的最愛哩!你聽懂了,就給我點個頭吧。」

童伯伯無語,眼睛直直地瞪著天花板,一動也不動地躺在病床上。這平靜的畫面,原是烘托出多少的苦痛?童媽媽又自言自語:「你累了,不想講話也行,反正明天我還要來,你明天再回答我吧!」這場獨腳戲,童媽媽演了千遍也不厭倦,當局者迷啊!但是有誰能夠勸動這些親屬們的痴情,又有誰能夠安慰這些家人的悲痛?

「阿爸!我是妹啊!你還記得我吧。伸出手來,我給你剪指甲。看看你,指甲這麼長,怎麼摸麻將呢?」這是三二六室的張小姐,形容蒼老的她,三十歲的年齡,受現實環境的催逼,憔悴得好像五十歲的婦人。

猶記十個月前,她、珍珠和我,三個為人子女,在護士換藥的當口,在休息室等待時,不期而遇。我愁眉不展地對她倆訴苦:「爸爸的狀況很不樂觀,我好怕會突然失去他,死亡的恐懼,真教人無從接受啊!」

　　珍珠黯淡的臉色，苦笑地說：「接受它比否定它對妳更有意義。畢竟，怕又如何？該發生的總是會來的，像我爹，曾經事業顯赫，轟轟烈烈，不可一世，一場肝癌，整了他三年。這兩年來，他醫院進進出出好幾回，一個老人家，孤孤獨獨的，我怎忍心？我乾脆把工作辭了，放著先生單身在北邊住，而我來此處照應他。本想爸爸來日無多，能盡孝道的日子有限，先生年輕，來日方長嘛！」

　　「妳真孝順啊！」我和張異口同聲地說。

　　「孝又如何，結果是我的先生埋怨我，父親也責怪我，那都無妨。苦的是父親被癌細胞緊迫釘人的摧毀，形體枯槁，疼痛日劇，那聲聲逼人的哀號，我怎能坐視？可是我卻一籌莫展，我快要崩潰了。然而，我還要撐著，我垮了，我爹怎辦？他口口聲聲喊著給他『安樂死』，那樣淒切、無助又含著期待的懇求，是那麼絕望與果敢。我突然覺得，用各種藥物勉強拖著他的一口氣，表面上是我盡了孝道，但我何曾顧念到病患的苦痛？這樣做，其實滿殘酷的，為什麼不讓他平靜地去呢？」

　　「人反正都有一死，但要死得痛快，這樣『活著』，簡直是『人間地獄』，太淒慘了。換作我，也不願如此，我無力地頓悟了，活的品質甚於數值，我愛他，就放手吧！」

　　好痛苦的放手，好無奈的頓悟！我無言。

　　張小姐說：「哪個病人不痛苦？你們知道嗎？即使情況如此，你們仍比我幸運，因為你們的父親還認得你，他還會握著你的手，這手心熱的交流，是多少親情的溝通？那像我三年半的朝夕相伴，我是誰？他永遠不知道。你們知道嗎？你們苦，總還有個安慰，至少你們父女還能感應。我呢？一個弱智弟弟，一不小心，就會出狀況。一個哥哥沉迷賭場，三天兩頭不回家，好不容易見了面，就是逼你要錢。我快五馬分屍了。好幾次都覺得活不下去了，真想死了

就一了百了，可是我死了，我爹怎麼辦？沒人管他，他這植物人，怎麼活？我再苦，也要盼得他對我的一聲呼喚呀！」

我已經哭不下去了，世間痴情有多少？悲戚有多少？在病房中流動的「愛心故事」又有多少？寸管難盡啊！

那次傾談後三天，珍珠的父親走了，辦好喪事，她來電：「雖然早有心理準備，但還是忍不住大慟，我仍留在他的租處，我要等待他的還魂，期望再見他一面。妳仍要辛苦，但望在艱難中勉力撐起，因為一旦父親走了，雖說他們從此解脫了，可是妳將再也摸不到那雙還是溫熱的愛手了。」我們在電話兩頭彼此哭泣，這場患難之交，欲辯已忘言了。

父親在去年年底也走了，童伯母、李伯伯和張小姐仍在和無知的命運搏鬥，在感恩節的時候，特別感恩於父親生前給我的一切疼愛，也特別記起在醫院中萍水相逢，同病相憐的「難友」，特別祝福他們和他們的家人。

一枚戒指

姨媽、姨丈來美探望表姐。媽媽託他們為我帶來一枚鑲著翠玉的K金戒指，並隨戒指附上一箋：「玉能避邪、保平安，願你不在我們身旁的每一天、每一時、每一刻，都滿是平安和喜樂。」信箋很短，但透過這枚閃閃發亮的玉戒，母親以心情所密密編織出的愛的禱語，遂因此跋涉過千山萬水的遙遙路途，正投影在我思家念鄉不能解的情結中，幻化成一曲連綿不斷的親情長歌，一遍又一遍地在我心底唱起唱起……。

說起我和母親這場母女關係啊！就是頗多怨懟和不滿……打從兒提開始，愛漂亮的我，就不止一次地向我的老媽埋怨：「為什麼別人家都是大眼、尖鼻、俏嘴，走到那兒都引人注意，唯獨我闊頭、瞇瞇眼、鷹勾鼻、厚嘴巴，還有更可惡的是擁有一副走到了初二年紀，搭車仍用半票的冬瓜身，害我恨透了這個和同齡朋友講話是『永不低頭』的五短身材」，誰知老媽反不痛不癢地激我一下：「母不嫌女醜，能生養妳就不錯了，還挑什麼？想想看，我這生操勞辛苦，拉拔你們兄弟姊妹六個長大，沒有功勞，也有苦勞哇！還怪我什麼？更何況妳眼睛雖小，卻蠻有神的，鼻子不尖，但不至朝天，嘴巴雖大，唇型還不難看，小姐，認命吧！且知足常樂，面對現實吧！」

等到了我當了老師以後，仍常遺憾於和學生行軍，不管足下功夫如何，拚死仍要艱難地穿著二吋半的高跟鞋，邁著雄壯的步伐和他們同進退，踏上漫漫征途──為了最低限度得與班上的「最袖珍」

41

同學「並駕齊驅」，這份不肯示「短」的苦心，終於讓母親恍然大悟，這輩子功德太深，傳給了我這個她一向自詡為玲瓏剔透，即使當了祖母仍被誤以為芳華尚在的「嬌嬌身軀」的小小遺憾！

猶記多年前在學生的畢業典禮上，我被指派為會統科畢業班的導師代表致詞，僅僅一分鐘的講稿──「你是清曉待發的帆，我是天涯漂泊的嵐，我將緊緊的催你向前，直至歲歲年年、日日月月。我僅代表會統科的導師祝福你們此後眼中的世界是多采多姿的，而心靈的天空則是寬廣無際的，並且期盼你們無論是在何時，或是在何地，都莫忘了，給我們多難的國家一份你們最完整的愛」。身為小學老師國語抑揚頓挫說得非常漂亮的媽媽，卻在我演講前夕逼我試講，要我從出場、致詞到告退，進進出出排練了二十餘次，我踩著充作講台的小板凳上，一遍又一遍地說了又說，她也一次又一次地吹毛求疵地在我雞蛋裡挑骨頭，總嫌我的發音呆板、沒有感情，儼然忘記了我曾是師大國文系畢業，當年國音考試還得了個九十九分輝煌記錄的正科班身分。

讓我練得累不可當時，我更抗議著：「這可是我最後一次演練了，我覺得我講得已經夠好了。」誰知老媽卻回了我一句：「誰吃飽了飯沒事幹，要來訓練妳這塊朽木，惹來一肚子閒氣哇？要不是看在我是妳老媽的份上，深恐被打砸了我這優良資深招牌的緣故，才對妳如此擔待，如此不厭其煩呀！小姐，可憐可憐我犧牲了迷人的八點檔連續劇的一片苦心，就忍著點好好講吧！」

誰知，第二天清晨，我打扮妥當，正準備推車出門時，卻見她老太太急急忙忙地追出，並塞給我一張小板凳，「幹嘛呀！又不是要競選市長還要『凳』高一呼？或者是要一步『凳』天，做什麼名人？拿了個板凳出場，不是平添無數笑話嗎？」母親才悠然一嘆：「我女兒一副美麗臉龐，倘若講台太高，遮掩過去，徒有一章動人

的講詞，誰能『識』得，豈不空負我殷殷一番訓練的美意啊！」哈！
母女同心，這才是我倆難得僅有的默契啊！

從小到大，除了大學四年負笈台北外，我三十年的青春歲月，
都耗在台南家中。因為是「常駐將軍」，對家的關懷太深、依戀太
重的緣故，所以自然地成為「管家婆」，大事、小事都要插上一腳。

媽媽相當能幹，但忙於工作，往往不拘小節，而我偏偏又遺傳
老爸的心細，往往又特別在乎小節。有道是「一山不容二虎」，所
以家中兩個賢（閒）女人在一起，也就自然看不對眼，常有摩擦發
生了。就如媽媽好客，講排場，好面子的過份幾近奢侈，這作風常
不為我苟同，故與她常有爭執。

她的廚房手藝，尤其令人歎為觀止。我記得每年過年，就是她
大顯身手，廣得「知音」的旺季來臨了。她的福州芋頭年糕，還有
四川香腸，往往博得親朋好友的不絕好評。因此她也做得忘我，甚
至不眠不休，只因為好友及兒女們親家的「共鳴」，她更沾沾自喜，
沉醉於諸方讚賞的鼓舞中而不肯回頭。也因而讓我這掌門人（天天
看門、管家）也受了池魚之殃，不得脫身。每天刨芋頭、煮開水、
抬香腸，諸多瑣事（都是重活）一齊上。唯有我們這兩個小矮個兒
一肩扛起，我心中不平，自然諸多埋怨：「每年累個半死，其實自
己也不能吃到多少，這到底是為誰辛苦為誰忙啊？」

「唉！人家這麼喜歡吃妳做的東西，也算是看得起妳啊！累一
點，也值得麼！」

「算了吧？妳送人家東西，人家怎麼忍心說它不好嘛？搞不
好，吃不完還往垃圾堆裡丟啊！妳又怎麼知道？老媽呀！我說妳這
種愛被人誇的虛榮心，實在有必要改革改革。」這下子她可火大了。

「什麼虛榮心？分明是我的手藝好，人家欣賞，妳偏要潑人冷水。
妳不喜歡幫忙，就站到一邊去，犯不著說這些尖酸刻薄的話傷人！」

43

　　唉！忠言逆耳，我只有三緘其口，默默幫忙了。可是心不痛快哇！於是紛紛「警告」那些成了婚，各居遠方的諸位兄弟姊妹同胞們，「切莫過份稱讚鼓勵老媽的手藝，否則你們自己回來現場服務，親身體會這份苦力滋味」，他們為了吃得佳味，只有低聲下氣的說盡好話，並勸我「勉為其難」的「共襄盛舉」，要我廣為推揚「人盡其材」的義行。畢竟老媽的手下功夫，在他們心中是「舉目無雙、無可比擬的」。因此年年，我都在這種「萬般無奈」和母親「大爭大吵」的氣氛中熬過除夕。

　　看母親做得帶勁卻又辛苦莫名，我真不知該如何「曉以大義」，好讓她放下「屠刀」。只知一回又一回地應著老媽那句：「看著吧！等妳出嫁以後，還不是會每年大包小包的從家裡搬出，去朝貢公婆，我這是為了誰呢？其實我也為『兒女放個屁，父母斷了氣』的心而苦哇，妳知不知道？」其實她也有不得已的苦衷哇！只是我仍故步自封於自我的成見，而不能給予諒解：「放心！我結婚以後，絕不會勞駕閣下，勞動玉體的，妳看街上年糕、香腸到處堆，又便宜、又好吃，完全機器加工，那像妳用手擠啊！抓啊！真不衛生，簡直是不合時宜哇！」老母氣得無語，只有嘆息，乾瞪眼的份！

　　還記得那年國慶，前一晚我因批改學生作文，幾至天明，也是疲累，一大早又為了趕赴國慶慶典而早起。因為未曾好眠，匆匆高升，不免火氣甚大，卻又正巧聽到頗有演戲天份的老媽，在學著她前日中午在路上看到有一個女人被搶時，發出的淒厲呼救聲音。因為學得太像，一舉一動，唯妙唯肖，扣人心弦。所以傳至我耳中不免恐怖悲哀，我就隨口說了一句：「幹嘛！一大早就製造噪音，這聲音可真是難聽啊！」

　　母親立刻沉默不語，我又忙著外出，未曾察及她的變色，誰知母親為此兩天悶悶不樂，甚至難過地夜半低泣，輾轉反側，窸窸不

安地對老爹感嘆：「人生真沒意思，兒女長大了，連媽的聲音都嫌難聽。我們現在還有工作，能夠自食其力，都惹人嫌；將來老了，怎麼辦嘛！」怎麼沒料到，一向提得起，放得下，最想得開的她，這次任憑父親如何勸慰，她都不改傷心，而我猶不知闖了禍，還悠哉悠哉，我行我素地忙著自己工作。

等到事後父親提及，我才驚覺「說者無心，聽者有意」的嚴重性。但逞強的我，只有約束自己切記：「惡言厲語九夏寒，和聲悅言三冬暖」的教訓，因此對老媽的直言相向，也著實收斂了好一陣子！

巧的是那年冬天的某一個周末，在夜校任教的我，因為身體不適，熬不到上完課就只有匆匆歸家。一進門，就碰到老媽的疑惑：「怎麼還沒下課就回家了？（我一向不輕易請假的）」

「不舒服嘛！」我急著往廁所跑去瀉肚，誰知老媽在後窮追不捨地唸著：「就是說嘛！要妳多穿衣服，妳不聽話，這下子可好吧！愛美愛出毛病了，可嚐到苦頭了吧？」

等我從廁所蹲出，她還在唸，我已臉色蒼蒼，無力地跌在沙發上了。但她仍不放棄良機的數落著：「這麼大了，還不懂得自己照顧自己，真叫人操心哦！」老爹在旁，實在看不過去，便主持正義：「夠了，夠了，還說這麼多幹嘛？就給她一口呼吸的寧靜吧！」媽這才住口，偏偏我這沒出息的身體又不幫忙，一陣酸水在胃中翻滾，糟糕！我要吐了，撐著一口無力的氣力才爬起，便暢所欲吐了。

誰知天旋地轉，腳下無力，便只有原地不動地大口而吐，老媽見狀忙著阻嚇：「忍一忍，到廁所去吐吧！」可惜我已力不從心地弄髒一地，爸在旁安慰：「沒關係，想吐就吐，只要舒服就好」，然後為我清除了一堆污穢，並扶我上床休息。

那一刻，除了翻騰不止的胃外，我的思維亦是如此，我有多麼感激老爸的體貼和善良；反之，對老媽的落井下石、伺機責罵，以

報一箭之仇，毫無同情美德的行為，實為傷心，也不敢恭維。可是夜半時分，我已累了、倦了，昏昏沉沉睡去之際，突然有一雙佈滿粗繭的老手，在我的頭上撫摸，為我拭去額上的虛汗，然後又輕吻了我的面頰，為我慢慢蓋好棉被，悄悄離去。

那粗糙的手掌，輕巧的動作，不用猜，我也知道這是那口硬心軟的老媽媽在做彌補的工作了。那一剎那，我不敢呼吸，也不敢翻身，因為唯恐一個動作，那蘊在內心深處的激情，就要化作汩汩而流的淚水宣洩而出了。

因此我想起了朱自清的〈背影〉之所以感人，之所以流傳千古，仍在於他道出了世間父母為兒女們任勞任怨、無休無止的付出，往往都在兒女們看不見的背後隱藏深處。我的父母不也是如此嗎？因此比較起來，那說得出口的聲聲愛意，也就顯得微不足道了，我又何須耿耿於懷於捕捉那些表面上的甜言蜜語呢？

俗話說：「天下無不是的父母」，其實「天下又何嘗有不是的兒女呢？」想來我和母親的這份複雜關係，在一起時，彼此不滿、互相挑剔，說來好氣又好笑。我們彼此直言無隱，實在是因為朝夕相處，赤裸裸的心靈總是坦誠相見，正因為了解夠多、夠深，所以也更為苛求對方完美。彼此都想塑造一個「聖人式」的對方，因而誤認對方為銅牆鐵壁、金鋼不爛之身，經得起任何大小言語的考驗，所以往往想盡辦法的去製造「有刺激才會有反應」的機會。

殊不知我們都很平凡，彼此都有一顆最脆弱易傷，又毫無設防裝備的「小心眼」，總是經不起一絲半點的「風吹草動」，但囿於倔強個性的保護層，我們只有癡傻地，一再重複地使用我們那最殘酷的殺傷力，直到兩敗俱傷時，猶不知歇手，這是多麼荒謬啊！

怎麼也沒想到當年母親為我的遲遲未婚，擔憂、煩惱了許久之後，我一旦覓得乘龍快婿，卻要遠赴萬里之外。「放心，絕不麻煩

妳做香腸、辦年貨」的戲言竟一語成真實現了；今年二月赴美時，爸媽和我的手足們同至機場送別。為了緩和離情，進關前，我還故作瀟灑地對老媽說：「這下子，除了一個眼中釘、肉中刺，此後家中可要天下太平了，您老的尊耳可要清靜多多啦！」話未說完，再沒想到我一直最放心又最樂觀的老媽媽已是一把鼻涕、一把眼淚的哽咽難言，更何況是疼我至深，和我一樣感情茂盛的老爹呢？

「陽關三疊」、「人生自古傷離別，更那堪冷落清秋節」，這種「悲莫悲兮生別離」的依依，若非親身經歷，何能體會。我不忍多做回顧，只有一味地往前行，面對茫茫的天涯路，就一恁飛行的羽翼，將我漸行漸遠地帶至美國。此行表面上看似快樂，要奔向新婚未久的良人身畔，實際上是要割捨一段最粗糙（從不用修飾），最深雋的親情，有得有失，在心靈的空間造成的不平衡，仍是很有衝撞力的啊！

走筆至此，已是夜半，遙望窗外，繁星漸退，想必他們也已睡著了，唯有斜月明亮地照耀滿室，俯身輕摸這枚小小玉戒，它亦閃爍發光和明月相映成輝。母親的愛心和關懷，憑著這枚戒指，又一次顯示它無遠弗屆的威力。我不禁哼起這首歌：「母親像月亮一樣，照耀我家窗前，聖潔又慈祥，發出愛的光輝，為了兒女犧牲，不辭辛苦，母親啊！我愛妳，我愛妳比天還長……」親愛的老媽媽啊！您這個好強、頑固的時常愛和您唱反調的寶貝女兒，如今以她磁性沙啞的破鑼嗓子，用她的柔情和感恩的思念，正一句句，慢慢地為您唱出這首在天之涯的「愛之歌」，您可曾聽到？

作者與母親

便當情

那天，先生下班回家，像賭氣一般用沉重的語氣對我說：「從明天開始，不要為我準備便當了。」

我愣了一下問：「那你吃什麼呢？」

「我寧可外出去吃，奔波累一點，頂多犧牲一些午休時間和花點錢，也比要忍受那微波爐一熱，坐視飯香四溢，那些『外國人』掩鼻揮手為驅散異味的不耐狀，感覺舒服多了。」

「可是，外面的東西，味精、醬油一大堆，吃多了好難過，也有礙健康哪！」

「那也總比面對妳的炸排骨、燻鹹魚、炒豆豉和煮酸筍的『怪』味一噴，逼得四方之民做鳥獸散的慘況好多了吧！」

總之，不管我如何遊說，先生仍是毫無轉圜餘地，堅持要和本人自以為手工精緻兼且和著愛心製作的美味便當道再見了。

那樣倔強的口氣怎麼這麼熟悉！

那神情，那斬釘截鐵的倔強口氣，怎麼這麼熟悉，震得我心撼然不已，彷彿經歷一場翻版歷史那般的鮮明，印在我的眼簾，而往事歷歷，因此重上心頭，教人回顧，百感叢生。

三十多年了，小學時代，為了考初中，我參加了校方籌畫的「惡補」大隊，每天由早到晚，從此「三更燈火五更雞」的為「聯考大業」而拚命。好心的媽媽，總在黃昏我們留校苦讀，等待晚上惡補的那段空檔，要爸爸騎著破腳踏車，送來新鮮又熱騰騰的便當——

一個荷包蛋，幾口榨菜，加上一點點的菠菜，旁邊點綴了幾顆紫色的小葡萄的飯盒，這是我所期待的「健康美食」。

也是那樣生活拮据的時代，他們「省吃儉用」，所能供應兒女「最豐富」的「晚餐」。狼吞虎嚥的扒著父母愛心包裹的飯盒，心中滿是溫暖與感激，再摻和著「考上初中，金榜題名，全村皆羨，不可一世，驕傲自得」的幻想，更讓這小小的便當方盒，沾透了希望，這是我和便當結緣的開端。

幸運如願地考上初中，從此必然的要展開自備便當的午餐生涯。

母親為了烹製我們新鮮的便當，常在深夜，忙畢了輔導我們的課業之後，伴著一盞枯黃的燈光，細細切下肉丁，把各種蔬菜洗盡切好，然後等到天明，就劈哩叭啦炒起菜來，並快手快腳為我們兄妹數個裝好便當，不管寒冬、炎夏，她總是數年如一日無怨無悔的夙夜匪懈，為我們一家數口忙碌著。

我們這些小傢伙，常常在睡眼迷濛中，抓起了熱熱的便當袋，就一路追趕跑跳碰的衝到學校去。正值發育的年齡，我挺好吃的。有時會迷迷糊糊地忘了帶課本，但卻從沒有遺漏便當的紀錄。

在這樣一再暢食母親的愛心飯盒下，卻從沒有體貼到她的辛勞──她要教書、要採買、還要烹飪，身兼數職，是多麼難為啊！

我好喜歡中午的吃飯時間，和幾個好朋友聚在一塊兒吃便當，一起談笑，一起討論功課，一起做長大的夢的情景。那段自在的午餐時間，年輕的歡笑，灑在噴香的飯盒上，所燦爛出金亮的青春時光，晶瑩醉人，是多麼教人捨不得忘懷？

而當我們吸吮著歡樂、品味著母親的愛心飯時，卻不經意發現；母親時常在煩惱──唉！該買什麼菜做便當啊？每天逛來逛去、市場就那幾樣菜，我都炒膩了，更何況是孩子們呢？要怎樣變化，才能炒不厭，而讓他們吃不倦呢？

可是我卻仍不知善體親心，反倒時常稱讚同學吃的菜較好來刺激媽媽，何曾念及她各種繁忙勞累聚一身的疲憊之外，還要為我們的便當，使盡手下功夫的煩憂與操心呢？

這是少年啟蒙的無知！是那麼幼稚可嘆！

等到進入台南女中，青春期的叛逆，考大學的壓力，加上虛榮心作祟，我開始百般嫌棄母親的手藝了。為了同學的一番戲言：「喂！妳怎麼帶來帶去都是這些滷雞腿、滷蛋與蘿蔔乾炒辣椒這幾樣菜啊？不過也可真下飯呢！難怪妳越吃越多，愈來愈胖，簡直快變成了歐羅肥囉！」

我因此憤而闔起便當蓋子，開始撒賴地拒帶便當，以作為一種被取笑後的報復。還每天強逼媽媽給我五塊錢，寧可在下課鈴響時，邁開蘿蔔短腿的衝鋒陷陣，並加上丟下午休的犧牲，為排隊要買到福利社小小的一碗肉燥米粉，吃盡味精而不悔。

常常一碗米粉吃完，上課鈴已響，累得我下午的第一堂課總在老師的法眼偵探下，力不從心地「夢周公、釣大魚」去也，因此我好害怕面對下午第一堂課和睡神搏鬥征戰的「痛苦」，尤其從夢鄉清醒後，覺悟到虛渡課程的惆悵，更令我難以為情。

而母親呢？傷心於女兒的狠心挑剔之餘，又心疼孩子的營養不足與休息不夠，可是卻仍慈愛地不忍拂逆她的「決定」，唯有在一旁冷冷觀望，默默的擔憂。

這是年輕的荒誕不懂事，多麼令人痛心的一頁，至今念來，真是慚愧莫名。

好在，狂飆的叛逆，自以為是的自負，終究熬不住每日中午奔波於福利社搶購的辛苦和沒有午睡的困倦，這迷途知返的小子·終於再度拾起媽媽的飯盒。沒有羞赧，不知感恩的，仍視為理所當然的肆意享受。

　　媽媽非但不以為忤，反如又被「寵幸」一般，興奮歡喜，更是小心翼翼，絞盡腦汁的為我變化各種新鮮菜式，直到我考上師大為止。

　　師大四年，龍泉街頭的各家味道吃遍，從攤販上裝滿紅辣椒的牛肉麵，路邊米血糕加上白蘿蔔的甜不辣到各種自助餐嚐盡，我卻幡然領悟，世界上最好吃的東西，原來竟是來自媽媽的手。

　　　我將素心托明月，誰知明月照溝渠。

　　因為，在每一道她用心烹飪的食品中，都包含了她要兒女長大，要兒女健康的巧思，這種融合了愛心的複製品，是任何名廚匠心獨運的絕妙技能中生產不出的況味，我因而對母親充滿了想念，對她的拿手口味更是思情悠悠！

　　大學畢業，十二年的教書歲月，我因而茅塞頓開，懂得惜福地日日珍貴媽媽精心調鼎的便當了，每個中午在辦公室偌大的空間中和幾個知心同事叨叨敘談教學相長的樂趣與教育理想的執著，講得口沫橫飛，意興風發，當是時也，媽媽的便當更是一口一口的開發了我許多教學的熱忱和無限靈感的來源，我因而知足地天天吞下可貴的親情。

　　直至登機來美，我才帶著依戀地揮別這一段甜蜜的便當歲月，而這一篇故事，更因而成了我在異國寂寞時光中，最溫馨的安慰，藉著回憶，更是一遍遍咀嚼過去被膩愛的小兒女時光，覺得自己好幸福！

　　而台灣，美國，不同的國度，再度面對便當，已是角色互異的時候了。當年媽媽為製便當的傷透腦筋與操勞，今天，應驗到我身上了。

　　對先生無獨有偶，如出一轍的「拒絕美意」，真教我有「我將素心托明月，誰知明月照溝渠」的失落，更覺彷彿「天理循環、自有公道」一般，我終於得到輪迴不爽的效應了。

　　苦澀的飲下這杯好意不被接納的汁液，心中諸味翻騰，更為昔日對母親的「殘酷」、「愚昧」，羞愧得無地自容，不由得再一次感到母親所給我一生無所不盡的包容與深愛，是那般長闊高深、報答不盡。

　　今夜，但願透過這隻寸管，能亡羊補牢地訴出我對母親在時空上遙遠的歉意，相信這遲到的懺悔之情，母親想必會欣然接受吧！

愛要言傳

　　Adult School 的代課老師要走了，於是全班合買了一副耳環，在她的最後一堂課時相贈，只見她睜大眼睛，一副吃驚的模樣，然後緩緩打開禮盒，「Oh！pretty！」一聲讚嘆之後，就是許多感動，她很好奇地問：「為什麼要送我禮物？」六十多歲的印度女同學，不加思索地就回答一句：「Because we love you.」坦然、率真的言語，讓老師情不自禁地呢喃一句「我也很愛你們哇！」而後潸然淚下。

　　面對此景，於我心深有戚戚焉，「愛要傳達呀！」外國人表達情意，原是如此輕易、直接、率性而又不加隱瞞，這是一份多麼可貴的「成全」，促進了人與人之間的感情流通！

　　今年二月來美之前，父親因為痛風住進台北三總醫院，在台南教書的媽媽，在結束周六的課後，午飯都不吃地兼程赴北探視。誰知寒風苦雨，一番疲累之下趕進病房，老爸迎面的一句話竟是：「真是神經啦！這麼冷的天，妳那麼老遠跑來幹嘛！是不是錢太多了？」把老媽氣得當場淚下，並咬牙切齒地發誓：「從今以後，你再怎麼痛，我都不會過問一下！」然後兩人大眼瞪小眼，相對無語，空氣凝然，場面頗不愉快。

　　等媽媽走後，我笑對老爸說：「爸！您真是不解風情，空負人一片苦心嘛！這樣的表現，未免太殘酷了些吧？」只見老爸眉頭深鎖，悠悠長嘆：「唉！妳這小孩真不懂事，妳媽六十多歲了，每天教完課已很困倦，台北的冬天又是寒氣逼人，再加烈雨環抱，行動

頗不方便，萬一她受了涼，生病了，我怎忍心？」一片深切情意，流露自然，可惜媽沒看見。

而母親那頭呢？只聽她無限失望地感歎道：「夫妻四十年，我們真是搭錯車了，我這麼大老遠的趕來，又餓又累，他非但不領情，反而說那樣的風涼話，真教人寒心！這老頭子也實在太可惡了。」

聽了兩方言詞，我只有莞爾一笑，他們其實是彼此記掛對方的，但每次就是表達不當，造成反效果。就像爸爸在高雄上班時，每天晚飯後，一定要抽個空走到公用電話亭打個電話回台南。每當電話線一接通，爸總是這幾句話：「沒事！沒事！我只是問候你們好不好？吃過飯沒？瓦斯關好沒？」而老媽也常是這樣的牢騷：「沒事打電話回來幹嘛？瓦斯沒關，你又不會馬上回來關，真是的，腿不好，不曉得多休息，多加保健，還要天天跑出來打電話，教人操心！」

這樣的對白，時常出現，他們在一起的時候，彼此之間，講話總是直來直往，毫無緩衝空間，其實明明牽繫惦念彼此。可是話一出口，卻常中傷對方。我常嫌老爸：「沒有情調，喜歡澆人冷水，說話耿直不留餘地！常常傷人脆弱的心，雖然您常在我們面前誇讚媽媽生兒育女六個，又兼教職，跟著您這窮軍人吃苦一輩子，真是備極艱辛偉大，要我們多孝順母親，可是一面對母親時，卻總嫌她『太浪費、做事婆婆媽媽、太囉嗦』，使得母親常氣餒、怨尤，以為爸爸不滿意她。」我因此屢次建議爸要輕聲細語，多說好話，以振奮人心，可是爸總一口否決：「啊！年紀一大把，老夫老妻幾十年了，還要甜言蜜語，不是把肉麻當有趣嘛！真噁心！」因此，我也常損老爸：「含蓄地一無情趣，簡直乏味透頂！」

可是回顧自己的德行呢？不亦是如此嗎？多年前，初接導師之責，每天早出晚歸，把所有的心思都交付給學生了。我利用空閒陪

他們聊天，陪他們參加各種比賽；又在他們週記本、作文本上填滿了我密密麻麻的鼓勵。我透支了自己所有的體力，換得他們在學校優異的表現而贏得各科老師的疼愛。可是，我卻總是小氣地不肯說出一句：「老師好喜歡你們」的體貼語。

因此他們常埋怨：「導師不易親近，為何每科老師上課，都是有說有笑，並一再陳述對我們的喜愛；唯獨我們導師，對我們只有要求和責備。」可是我仍不知悔改，還一再堅持「責備乃是責求完備」，人與人之間的感情，乃是靠心領神會，彼此感應的，又何需言傳？至愛無言哪！」的論調。可是年少的學生始終不解我心，我也一再惆悵於自我的失落與不得共鳴的悵戚。

直到他們畢業前夕，我發表了一篇文章──〈惜緣〉，告訴他們：「三年，一千個日子，是一個怎樣的投入？曾經多少個不眠的夜，你們的淘氣、倔強與誤解，總是老師心中揮掃不去的陰霾，我以淚水洗滌那受傷的裂口，終夜吟哦地竟是那不堪一聽的委屈與傷歎，我不禁想起那首童詩──『天空傷心，所以下雨了，我看見媽媽的眼淚如雨般落下來，媽媽，您是天空嗎？』老師雖不是那樣的天空，卻也有掩不住的傷心，可是欲訴憑誰？這些日子，渴望著與你們的時常相見，課堂中忍不住再看、多看你們幾眼，但又唯恐今日的一個凝視，就將成為明日的一個天涯了。就是這樣的矛盾，凝成了生命的不安，激盪著我多感的心緒，而不能平靜，這份心思，怕也是你們在老師深沉的臉上怎樣也窺不透的秘密吧？別後的日子，你們各人要走上各人的路了，路很長，原本不能送你們更行更遠的，那麼就讓我對你們深藏於心已久，卻又一直沉默不住的關愛，伴你們前行吧！」

於是學生們才恍然大悟，他們的老師對他們用情原是如此之深，只是他們不察罷了！而我因此也上了一課，方才領會，愛原來

是要說出口的啊！即使是最親密的家人、好友，原都渴求那一聲聲親切溫馨的關注與鼓舞的，而這點，我們不但常常忽視，反而又固執地拘泥於含蓄保守的個性，不肯透露一聲「愛」字；因此常常讓人錯覺體會的，終是那最不溫純、最不可愛的苛責與傷害罷了。

「愛要言傳」、「愛要讓他知道」，擺在心裡，只是自己心頭的一個秘密，旁人終究不能了解。在二十世紀為一切快速進展的現代文明中，人與人之間的疏離感，正日加昌熾，君不聞，有一首歌「答案」──天上的星星為何啊！像人群一般擁擠？地上的人兒，為何又像星星一般疏遠呢？不是一曲道盡人情冷淡的寫照嗎？

我們在追逐現代文明的傾心相投中，正一步步陷自己於苦悶單調的機械泥沼中，人往往脆弱易傷，此時此刻，是不是更需要心靈的潤滑，藉著有形的愛意滋潤，即使是一絲絲、一毫毫，都將能助長那為生活奔放，且被無限鬱悶壓縮的戚戚方寸奔騰而起？那麼，朋友！請不要吝嗇這人與人間最不假訴求的一片素心的相贈吧！

作者父母合影

我們都會老去

　　母親和我同住的那些年，我實在為她過分好動的特性，相當煩惱與擔心，日常生活中，只要天一亮，她睜開眼的時候，就是想往外跑，幾乎了無休息之意，她的精力旺盛常是我望塵莫及卻又百思不解的疑惑。我總是會感歎地責問自己：「為什麼我每天總是覺得累得快要撐不住了，而媽媽卻永遠是一條好漢？」所以對母親取之不盡，用之不竭的充沛體力真是羨慕非常，只恨自己怎麼沒有幸運地遺傳到她這麼優良完美的基因，這樣的遺憾常令我懊惱的要跳腳。

　　一段日子了，我的五十肩犯得厲害，已經疼痛難安、行動不便許久了，偏偏走路趕時間時，又不小心被突出的石塊絆倒匍匐在地，掙扎許久，費了九牛二虎之力才好不容易地爬了起來，卻是傷痕累累，本來是左手不靈，跌跤後，不靈光的部分又加上了另一隻手和腳，每天清晨起床，若非趕在先生上班及女兒上學前，有他們父女的攙扶讓我左右逢「援」，幾乎叫我無法「高升」，女兒喃喃叨著我說：「媽，妳年紀已經不輕了，為什麼還每天『趕快、趕快』地衝鋒陷陣，急什麼呀！真危險哪！」

　　「什麼年紀已不輕了？妳外婆八十六歲了，走起路來還虎虎生風呢！我跟她比起來可真是『小巫見大巫』，老什麼老啊！」我不服氣的為自己的意外狡辯著。

　　先生突然幽幽一嘆說：「妳除了智商比妳媽高明一點點外，論體力、論耐力，妳可真和她沒得比呢！」他似褒還貶的口吻，可真

令人消受不了呢！連帶讓我想起昨晚和居台北的老媽在 skype 網路視訊的對話，就覺得哭笑不得和感傷無窮。

我對著電腦前的老媽說：「媽，妳知道我是誰嗎？」

「當然知道，你是我女兒嘛！」

「妳好聰明，請問我是妳的第幾個女兒呀？」

我看見母親搔首摸額的沉吟模樣，不禁不忍，想想這個題目對失憶的她的確有些艱難，就換了個謎面：「媽，我叫什麼名字？」母親機靈的摀著嘴巴悄悄詢問大姐：「喂！她叫什麼名字？」

「莊維敏。」

「對啦！對啦！她就是莊維敏啦！」母親好得意的說出我的名字，然後又接著說：「咦！不對，莊維敏她怎麼變得這麼胖？這麼老？這麼醜？」母親連著三個「這麼」的否定單字，可真讓我慌然寒心，我想我得停止這場考試遊戲了，否則不敢想像還有什麼更令人悲哀的形容詞將要相繼出籠，於是把話鋒轉向對大姐展示我的「傷疤」，並且訴說近日種種起居生活的不便，沒想到，老媽居然反應超敏捷的立刻接嘴道：「親家母啊！我們的年紀大了，下樓梯時，手一定要抓緊欄杆慢慢走吶，不然摔倒了，不是斷手就是斷腳，這個玩笑可開不起啊！」

我怎麼就搭上了光陰的「高鐵列車」，和母親大人平起平坐地成為「親家」，我在電腦的此端，仔細觀賞這個「親家母」，仍煞有其事的還在比手劃腳，認真地教我如何走下階梯的風姿，在一旁笑歪了嘴的大姐，正對我擠眉弄眼的蹦出：「好啦！好啦！『親家母』，『年紀大了』，走路請千萬小心，要抬頭挺胸看前方，也要提起腳跟瞄地面，務必當心邁開前進的每一個步伐啊！」

電腦關機了，skype 裡的對話卻是不曾闔起，像似顆橡皮糖，如影隨形般地，一直黏貼在我的腦海裡迴旋蕩漾，我知道；歲月的

眼睛總在眨，明天會更老，是注定不可逃脫的無奈，只有默默期待
與蒼老短兵相接的那一刻，我能夠瀟灑地笑傲歲月魔法，並且老得
很健康，老得很聰明。

今生無悔

母親記憶力還是很好的幾年前，先生常常和她結伴參加去賭城的發財團，兩天一夜，先生幫她照顧地很周到，兩個人吃香喝辣地，總是乘興而去，盡興而歸。他們相處愉快，先生呵護有加，旁人總以為他們是一對母子，知道實際是女婿與岳母關係後，常常嘖嘖稱嘆。好友玫玲也不止一次地羨艷說：「這輩子只要我先生肯帶我媽和我們同行去賭城玩一次，今生要我為他做牛做馬，我都心甘情願。」我對玫玲的賞慕之言，常常認為太過誇張。

玫玲的先生對朋友很好，看起來也是個好好先生，但不知為何，跟岳母的關係總不親密，玫玲因此對我家夫君，常是盛讚不已。那天聚餐，玫玲舊話重提，先生自是喜不自勝，不免小人得志，口沒遮攔：「是啊！像我這般好女婿，真是打著探照燈都難尋覓，可惜我家老婆卻視而不見，人在福中不知福呢！論做先生，我也是百裡難挑一個的大好人，妳說有誰能忍受太太年年攜母帶女的回台渡假，我這棵搖錢樹卻得努力上班為他們老、中、青三代籌劃機票，忙得、累得，每天只靠生力麵維生，好不容易盼得燒飯婆回家，結果竟是時差尚未恢復，請繼續泡麵生涯，這種老婆娶了跟沒娶有沒兩樣？」

「真的是時差太嚴重了，不信你去坐一趟飛機試試看？」我強辯著。

「啊呀！騙誰呀？哪裡是時差，和女兒看『又見一簾幽夢』，看到快到天亮還不睡覺，把我女兒都帶壞了，搞不懂妳，年紀一大把了，還迷什麼瓊瑤，有夠幼稚，害我女兒每天開口閉口就是『我

有一簾幽夢，不知與誰能共？』，才十三歲的女孩正事不幹，搞得是無病呻吟強說愁，真是『上樑不正下樑歪』哪！」

哇！這個好人，居然發飆，太有「氣」質啦！我依然想為自己「阿婆情懷仍是詩」的多情，力挽狂瀾地維護著。怕引起家變，破壞大夥吃飯情緒的玫玲，頻頻向我使眼色，且為了緩和僵局，還是繼續恭維大業，：「莊小姐，妳真的很好命呢！換做是我，每天不搞個三菜一湯，不被休了，也被唸得半死，要感恩哪！」

「唉！君有所不知，我也曾大魚大肉炒遍，不談色香味俱全，但至少也還可口下飯，沒想到有人怨妳出手太過油膩，害它血壓高升，三不五時哼著「『毒』你千遍也不厭倦的『高』調，我接納雅言，改『鹹』入『淡』了，人家又怨『在餵豬啊？怎麼一點味道也沒有！』」

我說：「是啊！親愛的『豬』（夫家姓朱）快吃、快吃吧！」，「我是鹹也不是、淡也不對，進退兩難，這還叫好命啊！」我也絕地大反攻，開始以牙還牙了。

先生看我不悅，馬上見風轉舵：「不過，即使老婆一寫起文章，或是編起教材，就不理家政，屋子雖亂、飯菜不做，但她還是會抽空『To Go』一些看豬腳、鹵蹄膀地，讓大家一起來發『福』。看！結婚二十年，我的豐功偉業就是造就一家胖子，以前她這瘦金絲雀生氣時，就想離家出走，還真嚇到我，看她現在長得肥嘟嘟地，胖鳥胖得也揮不動翅膀了，每天只好養在深閨，長伴君側，陪我『你聲我儂』啦！就憑這樁『胖』鳥依人的『美德』，對她，我可還真是『今生無悔』啊！」

玫玲又是一讚：「哇！哇！真情告白，愛要言傳，老莊，妳真幸福！要我家那個木頭老公講出這句四字的感性之聲，可真是『今生無賄』呢！」

　　「算了吧！有這種毒『舌』先生，莫道他是『朱不悔』，我可是『莊猶悔』呢！」我細謔式的接答著，玫玲很不以為然的搖著頭。

　　說得也巧，週日去教會，午餐時，和母親住在咫尺，卻因為先生之故，無法常相左右的小琪，又對著我嘆息：「妳能和母親同住十多年，真是命好，妳的先生可真棒！」

　　我開玩笑地說：「人前 Honey！Honey！人後（精神上）拳打腳踢，何棒之有？」，我於是把他的「今生無悔」故事，大眾傳播一番，想當然地「笑」果絕佳。

　　光裕一旁又加新註：「小姐，我今天在台上講道，請大家要『凡事讚美、凡事感恩』，妳怎麼才散會，就忘了？現在社會中是家暴案件層出不窮，令夫婿對妳如此『今生無毀』，讓妳能夠苟『全』性命於亂世，免於武力襲擊，妳還有什麼可怨的呢？」

　　是喲！想想毒「舌」雖毒，但是努力工作養家，做事負責、對家負責，尤其博愛，老吾老以及人之老地善待別人的媽－我的老母，僅此一點，我也真該感恩地「今生無悔」矣！哈利路亞！

白蘭花開了

「馨香盈懷袖，路遠莫致之，此物何足貴，但感別經時」，為參加中文朗誦表演的女兒，正念念有詞地吟誦著「庭中有奇樹」的詩。說得也巧，先生也同時間手捧著幾朵白蘭花從前門走進來，像拿了稀世珍寶般，小心翼翼地，把它們裝放碟中。可不是嗎？白蘭花乃是我的最愛，他怎能不好好侍候呢？

三年前花了不少錢買下一棵白蘭花樹，它瘦弱不堪地站在小花盆中，很不起眼，但是價錢卻不因此便宜一些，若非先生在一旁鼓吹，我實在買不下手，先生說：「難得老婆女士喜歡，用有限的錢買無限的快樂，這個投資值得，更何況花香季節還可帶來一屋的芬芳，也算是投資報酬率很高的回收呢！」

小花盆因此成為我們的嬌客，大夥期盼的重心，這光景實可謂「種在小園中，希望花開早，一日看三回，看得花時過，白蘭花卻依然，苞也無一個」般。好不容易今年春末，它終於吐露芳華，雖說是發育不良的少少幾朵，卻是我們的貴賓，先生更加殷勤澆灌施肥，常常顧盼，總是好花摘得瓶供養，放在我的床頭或是電腦前，每當香氣遠播，寫作疲倦的我，彷彿又重新得力，振奮起來，白蘭花在我的筆耕生活中，實在是扮演極端重要的「芬多精」了，倦了電腦螢幕的輻射線，閉目養神時，思想起先生買花、澆花到摘花的細心體恤，常給我許多溫暖。

喜歡白蘭花其實也是有段故事的，二十多年前，在國立台南商職任教時，因為擔任榮譽班的導師多年，陪學生月月面對校方各樣

的比賽，不服輸的個性，讓自己帶領的班級回回比賽都名列全年級甚或全校的高分，可是連續幾年的優異表現，卻讓自己繃緊過頭的神經無法鬆弛。我病了，嚴重的失眠，讓我幾乎夜不成寐，吃下安眠藥，更令我昏天暗地，但為了完美的全勤記錄，我不肯請假，只得每天猶如行屍走肉般地勉強工作；上午空蕩蕩的到校教課，下午又昏沉沉地返家，身體與情緒都陷入極端的苦痛與緊張中，感覺好累好累，卻又無由改進，卸不下的擔憂，把我壓縮地幾乎窒息……

座位在我旁，教授英文的同事——執意單身的蘇老師，她看我憔悴的模樣，總是體貼地在我上班之前，幫我把散亂的作文本排理整齊，然後在桌上放置一串體態豐腴的白蘭花，那香氣愈遠愈清雅的佳美，瀰漫在我的週遭，我好喜歡那淡淡又雅緻的味道，迷迷糊糊的不安，好像抓住了依附，漸漸清澈……

今年暑假返台，聽說退休的蘇老師搬到一個單身老人公寓居住，喜歡安靜的她，希望過著不被打擾的悠閒獨居生活，所以無從會面，但我相信憑她的那種善良好心個性，無論在何時、何處都能恬適自在吧！

先生又在興奮了：「維敏，瞧！我手中又握住什麼寶貝？」

「什麼？秋天也有白蘭花啊！」

「嘿！想不到吧，經過我的妙手處置加料，不但花開滿枝，而且還碩彥肥胖呢！」

白蘭花開了，它曾經給了我一夏的驚喜，而今，還延續著一秋的意外，我抬頭仰望先生的歡愉，對他照顧盆栽的耐心，心中充滿感謝；而女兒「馨香盈懷袖，路遠莫致之，此物何足貴，但感別經時」的清音，仍在耳畔迴旋，想起昔日蘇老師所付予的愛心與不知人生相見待何年的惆悵，我也不禁輕聲感嘆「此物何足貴，但感別經時」了。此心此情，我的老友蘇老師，妳可能感應？

媽媽的手

　　我提醒正忙於在劇院公演民族舞蹈的女兒，趕快寫完中文的作文功課。沒想到小妮子很瀟灑地對我說：「媽媽，我說妳打，就幫我把文章漂漂亮亮的打好吧！反正妳有一雙萬能的手」。然後，慧黠地對我眨眨眼，彷彿說：「別忘了，我們曾合作完成的那場演講賽喲！」

　　可不是嗎？九年前，女兒參加南加州中文學校演講比賽，那年的題目是「媽媽的手」，起初，面對演講文題，我的許多思緒，一湧而上，可是那全是我這做老媽的「刻骨銘心」和「心有戚戚」，碰到黃髮小兒，體會的又別有一番滋味，我於是不恥下問，向「小人」虛心請教，她眼中的「老媽的手」是何風貌？

　　沒想到小女娃頗有心得，提供不少靈感，她的開頭尤其好，什麼「爸爸的手是大號，最會修東西，媽媽的手是中號，最愛戴戒指。」就這樣，我倆你來我往的，討論至深夜兩點還不欲眠，她的創作細胞全都如春草乍生，莫之能禦，那種寫作時，「唯恐它夜半來，天明去，來如春夢不多時，去似朝雲無覓處。」的憂慮，她開始經歷，終於我們的稿詞大業也完工了。

　　「媽媽的手是中號，除了會戴戒指外，還會做好多好多的事。在我是小嬰兒的時候，媽媽的手是無敵鐵金鋼，她總是一手拿著奶瓶，一手又當搖籃地把我搖入夢鄉。以後，媽媽的手就是營養師，每天為我熬出濃濃的皮蛋瘦肉粥，炒出香香的螞蟻上樹，然後又一口一口地，把我餵成健康寶寶。

媽媽的手最愛數鈔票，也最會開支票。它還會為我做衣服，因為只會做背心，害得我常常要做背心秀。每天清晨送我上學時，媽媽的手總是拉著我的小手，在十字路口上追著綠燈跑，它還常常為我盪鞦韆，把我推得高高的，讓我在忽上忽下的天空中享受了童年。媽媽的手又是指揮棒，它教我怎樣握著滑鼠，走向電腦的世界。更讓我一筆一劃地寫出國字，還用橡皮擦擦掉我的錯誤，使我的頭腦裝滿了正確的知識。

每當我可愛時，這雙手就會捧著肚皮哈哈大笑，而當我傷心時，它又為我擦乾眼淚。媽媽這雙會變魔術的手，好像是人間的四月天，它是慈愛、是溫暖、是希望。它將永遠為我指向前方，牽著我走長長的路。」

我將文章一字一句輸入電腦，並唸給她聽，沒想到一向總是埋怨老媽的字典中，只有「寫功課、彈鋼琴」幾個台詞的她，頗有共鳴的大喊：「對了！這就是我媽媽的手。媽媽，我好喜歡這最後一段，我覺得好 sad！媽媽，我 need 妳永遠為我指向前方，牽著我走長長的路。」

唉！五歲多的小女娃長大了，也似乎終於認識、感覺到「她媽」的心思了。這是小女康寧以前的演講稿，她贏得了演講比賽第三名的榮耀。我們曾為了參賽盛事而磨刀霍霍，焦頭爛額。但此後年年，透過光陰的故事，累積無數的經驗，造就她漸次長大的自信台風與智慧顯現，所有挑燈夜戰，咬文嚼字的辛酸，都成雲煙，不足掛齒了。

想當初，同事夏老師曾無限傷感地對我嘆息：「小莊啊！每回聽到康寧練習這篇講稿時，我就想流淚，面對十七歲正值青春期，個性叛逆，總是跟我鬧彆扭的女兒，我的心就好痛，我何嘗不是像妳這般用盡苦心的將她一點一滴的拉拔長大的啊！可是現在卻和她水火不容、格格不入，唉！可憐天下父母心啊！」

「養兒方知父母恩！等隔些年，她開竅懂事了，一定會感念妳的苦心的，別洩氣！」我誠懇地安慰著她。

又陪女兒到校練習演講，她已從稚情童音的「媽媽的手」跨至「邁向卓越」了，就像去年原本要表演孔雀舞，等到公演時，她卻要我為鳳冠縫亮片，我驚問：「孔雀還帶鳳冠啊？」她卻輕描淡寫的說：「我們已改成舞鳳凰了！」「什麼，妳已飛上枝頭做鳳凰啦！」

時光匆匆，曾幾何時，光陰暗把流年偷換，風水輪流轉，當年夏老師口中可愛天真的小女孩，也一步一步地走向令我也要和她相似煩惱的年紀了。和女兒同樣參賽九年的彭同學，正聲色俱佳的朗誦這首「歲月」的新詩：「悄悄地，拉大了我的腳，我卻無知地嬉戲，直到有一天，穿不下皮鞋，我才看到，頑皮的歲月。悄悄地，染白了爺爺的頭髮，我卻無知地取鬧，爺爺牽不動我的手，我才看到，無情的歲月。悄悄地，刻著媽媽臉上的皺紋，我卻無知地頂撞，直到有一天，媽媽擦不乾她的淚水，我才看到，珍貴的歲月。」

我好感傷，這雙「媽媽的手」，突然沾滿了淚珠！當年夏老師的心境，我方才終於清楚明白，只是誰能像我安慰她一般的來安撫我呢？

女兒康寧和作者

蛋炒飯與人生

女兒一動也不動地，盯著螢光幕播放的國語連續劇，因為太過投入，以至於我回家的進門聲都沒聽到。「孩子，功課寫完了嗎？怎麼還有閒情看電視？不要耽擱讀書的時間啊！」

「媽，我這會正在忙中文老師交代的功課啦！我們要交一個project，主題是『我最喜歡的一道中國菜』，我記得在『滿漢全席』劇中有一段很有意義的話語，恰好可以放在我的 project 裡，所以我正在電視劇中找資料，我不會浪費讀書的時間，放心啦！」

片刻鐘後，我看到女兒打開電腦，飛也快地劈哩啪啦敲著鍵盤，又是一副旁若無人的專注模樣，連喊她吃飯的呼叫聲，她都聽而不聞，我的耐心即將失控，怒火正在胸頭灼燒的剎那間，突然聽到女兒的雀躍歡呼：「媽！我終於把這篇文章大功告成了，瞧，我寫得有多麼棒！」

女兒迫不及待的把她的「不朽傑作」朗讀出來……

「因為看了『滿漢全席』連續劇，我開始喜歡學做菜，從小學四年級，就要求媽媽教我做蛋炒飯，五年了，我發現同樣的菜單，同樣的材料，做出來的味道竟然可以完全不一樣。關鍵就在你有沒有用心去做。其實，一盤普通的蛋炒飯也可以做出不一般的味道，我們可以用各種各樣的材料和方式去做我們自己的蛋炒飯，做出來的味道一定不一樣。做出來的成果如何，就看你付出多少努力，花了多少時間，和付出多少代價而有所不同。這道理就像人生一樣，錯過了時間的掌握，就做不出一盤秀色可餐的蛋炒飯。所以我們要

珍惜我們現在最好的青春時光，好好學習。蛋炒飯炒壞了可以重炒；但是人生走錯了路，是無法重來的。希望我們大家加油，為我們自己的人生炒出一盤最豐富的蛋炒飯。」

女兒沾沾自喜，洋洋得意的將她的作品高聲發表出來，我聽了這個十年級高中生的領悟，不禁覺得很感動。「孩子，這篇文章誰教妳寫的？寫得真有意思呢！」

「媽！妳怎麼對妳自己的女兒，這麼沒有信心哪？這可是我一遍又一遍地看『滿漢全席』所學到的道理，然後再加上我的想像力，終於完成這樣的文章了，媽，妳總是埋怨我花太多時間重複看同一部連續劇，其實我除了看故事的情節外，我還在研究和揣摩其中的道理呢！我不僅僅是為了好玩消遣而已，我還認真學習中文哪！」

女兒振振有詞的說理，給我上了一課，從小我為她說故事，陪她讀文章，一天一天地在她心中埋下了一粒中文的種子，好多年了，她對中文的喜愛嗜好與敏銳領悟，一直是我這個中文老師媽媽引以為榮的，這些年，看她過分沉溺在國語連續劇中而流連忘返，我還有些擔心，沒想到她其實是寓學習於娛樂中，我實在不必太憂慮啦！

暑假返台，朋友們都謝謝我把女兒的中文教得那麼好，讓他們招待女兒，因為沒有語言障礙，大家才可以輕鬆愉快、沒有距離地歡聚一堂，賓主盡歡。他們哪裡知曉？在美國這個國外，讓孩子們心甘情願地學中文，是需要付出多少努力的代價和愈挫愈勇的苦心（辛）？「我們可以用各種各樣的材料去做我們自己的蛋炒飯，掌握了火候的功夫，必定炒出一盤秀色可餐的蛋炒飯，希望我們大家加油，為我們自己的人生炒出一盤最豐富的蛋炒飯。」多麼發人省思的一段話啊！

　　女兒在台上發表的作業報告，果然得到全班第一名的佳績，我為她的表現驕傲之餘，更是深深盼望她「珍惜自己現在最可貴的青春時光，好好學習」，此後能夠為她的人生，烹飪出盤盤色澤鮮亮、味道精美的佳餚。

苦心

　　春暖花開的季節，聽鳥語聞花香，正是一年好景時候，只可惜，好多年了，我總在錯過，因為女兒有太多活動與考試，都湊熱鬧似地擠在此時舉行，忙著打點她的時間表，唯恐安排衝突，所有努力功虧一簣，自是戒慎恐懼。在應付如此密集的諸多行程中，自是無暇、無心去享受這般的良辰美景，而其中最令人操心的莫過於是一年一度的鋼琴檢定考試了。

　　女兒五歲時，大姑送了一台嶄新的鋼琴給她，從此我們和女兒展開了一段漫長拔河行路，鋼琴初來時，小女娃興致勃勃的日夜「敲」琴，還煞有其事的隨著琴聲哼唱，儼然音樂家的架勢，令我和先生驚為「奇葩」，經過多方打聽詢問，我們終於決定將她送往十人一班的音樂團體班，開始了她的「初『練』」生涯，課堂中又唱又跳，這些鬐齡小娃們，還不覺得枯燥乏味。只是音樂班規定家長必須相伴，一則可在課堂盯管孩子，再且回家還可督導孩子練琴，這伴讀工作似乎泰半落在母親身上。

　　憑良心說，「玩」琴的時候，小孩子很開心，但是踏入學習的過程實在很不易，畢竟需要相當時間的琢磨，上課一小時，回家必得加倍勤練，才能銜接越來越深的琴業，所以每次課後，「伴讀」的家長，就得扮演「推手」重責，這差事自是難為，因為孩子耐力有限，惰性無窮，琴椅一坐，往往「輕描淡彈」，五分鐘熱度一過，就好像椅子上插了針刺，令「小人」坐立不安，我這推手就要發揮

各種威脅利誘方法，好說歹說，才可以勉強向鋼琴老師交差，讓女兒面對其他同學時不至「相形見絀」。

當初帶女兒學琴，原本希望培養她嫻靜端莊的氣質，並且一生在音樂相伴的時光中能夠自娛娛人，體會更多快樂，怎知隨著一年年的課程發展，我們也不能免俗地踏上了參與檢定考試的步伐了。

學鋼琴難，要面對檢定考試更難，然而要催促女兒辛勞苦練以跋涉檢定征途，更是難上加難，這些年，女兒和我就在這諸難之下「苟延殘喘」地度過，一級一級的攀越，一年比一年艱苦。她的團體班同學相繼停學了，尤其是有位老師特別欣賞誇讚的男生居然也加入其中一角，使我們的學習心理頗受影響，女兒彈琴態度始終不夠積極，如果加上學校課業及中文演講比賽時，那麼苟且拖延狀況更是嚴重，我在一旁又急又氣，多少次想就此打住，不想再浪費金錢和精力了，可是她總是欲「捨」還留，母女之間的拉鋸戰不免藕斷絲連，煞是無奈！

今年春天，綿綿春雨不斷，陰冷烏黑的天空，籠罩大地，沉悶像一道黑幕壓得人喘不過氣來，春意闌珊，我們的心頭亦是如斯，因為女兒要面對第十級最後一關的測試了，「十年磨一劍」，實在艱困，偏偏高中十年級的課業又好繁重，我是恨鐵不成鋼，她是患得患失，卻總存僥倖之心，為此我們母女的關係緊張繃弛，衝突幾乎一觸即發，緣於對她的心疼，我只有壓抑自己，對她多方擔待。

女兒眉開眼笑的拿到十級證書，我們都如釋重負，我笑對她說：「妳畢業了，從此不用再上鋼琴課了，我不必再為逼妳練琴而愁白了頭，我好開心，終於可以自由啦！」沒想到女兒冷冷的幽了我一默：「媽！我好不容易熬到不用應付考鋼琴的一天，怎麼可以不再學呢？」

　　用十年半的歲月來換取她一個「心甘情願」的學琴心態，這份覺悟雖然遲到了，但畢竟還是來了，過去溫馨接送的陪伴苦心，是不是都值得了？

第一次上學

　　家裡的電話答錄機正放著：「親愛的家長，請不要忘了將來的週四晚上六點半，是我們學校的返校日，希望各位家長踴躍出席這個家長和老師之間交換意見的座談機會。」的錄音。

　　寶貝女兒終於長大進高中了，那天，教完課，我十萬火急地衝趕回家，晚飯也沒吃，就和先生奔去她的高中報到。

　　怪怪隆地咚，偌大的校園，彷彿迷宮一般，我們夫妻兩個像個小傻瓜一樣，在校園裡追逐尋覓，只見一堆堆烏鴉鴉的人群，也和我們同樣地在漆黑黑的校園裡，不分東西南北方向地窮打轉著。

　　我的天，莫道高中功課難易如何，光是在校園裡找教室，就夠嗆了，遑論其他？我記得當時校方安排了六節課的說明會，每堂二十分鐘，老師超高速地把這一年打算教授的課程，大約的進度，匆匆忙忙地交待一些，還來不及多發問，時間就到了，我們又得繼續趕場，除了對超強的冷氣有特別的感覺外，其他真是霧颯颯。

　　有趣的是，連體育課都有說明會，我們剛從極其凍寒的冷氣屋裡出去，又要轉到只有兩台陳年電扇在運行的大體育館，大家熱得要中暑，先生說：「我的氣喘病要發作了，妳就慢慢享受溫暖吧！」唉！「有難我則先逃」，終於領教了他「識時務者為俊傑」的機智呢！

　　一個晚上就在尋教室、聽高速課中匆匆溜過，回到家，我們都累了，先生別有感悟地說著：「女兒真的長大啦！單看她每天趕課、換課室這檔事上，我就清楚明白，她真的長大了，那個寧可憋著尿，

也不肯遠離班級教室的小女孩跑走了，我還分明記得她第一次上學的無知模樣，怎一晃眼，她就進高中了，歲月真是不饒人呀！」

那可不，九年多前，女兒參加中文學校題目為「第一次上學」的演講比賽，那侃侃而談的情景，我還依稀在目呢：

從小媽媽就是我每天的家教，四歲時候，她對我說：「小乖寶！妳每天黏著我，身上已沾滿太多媽媽的味道，讓我們換個口味，學些新鮮玩意吧！」

就這樣，我進了中文學校。第一次上學，我家可是全民運動。一大早，外婆提著點心，爸爸背著相機，媽媽牽著我的手一起上學去。

才進校園，就看到操場裡的溜滑梯，我爬上爬下的，玩得滿頭大汗。

上課了，媽媽很不捨的要我勇敢的走進教室，我拍著胸口說：「放心啦！我的勇敢一定比妳多！」

課堂中，老師重複教著，我早就會的注音符號，我好奇怪，媽媽說的新鮮玩意怎麼還沒出現？一抬頭，卻望到窗外的爸爸，正盯著我瞧，嚇得我不敢再亂想了。

去年，第一次回台灣，親友們都稱讚我說的國語很北京，很北京是什麼意思？我不明白，但是，我可以和表姊一起觀看「大宅門」，一起唱著「還珠格格」，一起在「大富翁」的機會中，試試我的「命運」，這個假期特別美麗！

想起那首童謠「第一次上學，我是一隻毛毛蟲，坐在椅上不敢動。以後，我是一隻花蝴蝶，飛來飛去找朋友。」

我突然好感動，毛毛蟲變成花蝴蝶，是需要多少時間的等待？

　　我喜歡做那隻在中文的天空中，自由飛舞的花蝴蝶，可
是，第一次上學，握著鉛筆，怎麼也畫不出一個字來的辛苦，
我也永遠不會忘記！

　　人真是極其矛盾的動物，渴望女兒快快長大，卻又捨不得忘記
她初入學堂的稚嫩神情，而今她當年的童心未泯，總是我們時常回
味的甜蜜鏡頭。將近十年了，在我的琢磨薰陶下，她的中文能力相
當優異，今年五月竟然以八年級的小小年紀，參加全國 SATII 模擬
考試，得到滿分八百分的最高積分，她極其沉醉在中文的電視劇與
中國歌曲的文藝之中。她的確是那隻在中文叢林裡，得意漫遊的一
隻快樂彩蝶，我以她為榮！但也忍不住的貪心祈求，這隻與春風共
的歡欣彩蝶，能夠從自由飛舞的中文天空中，更能展翅奔騰，飛揚
翱翔在她所有的學習世界裡。

女兒初中畢業時和爸媽的合照

無價的愛

　　總覺得時代變了，變動的速率簡直快得有些離譜，以至於讓我們這些傳統的護衛人士，幾乎跟不上它的腳步。

　　記得在我們年幼的時光裡，一向唯長輩之言是聽，從不敢有所違抗和索求的，尤其那時候，幾乎家家都是兒女成群，父母的精力都花在如何多賺些錢糊口，以飽足各個黃髮小兒的口腹之欲上，只要孩子們無病無痛，平安長大就算完成父母的責任了，因為營生不易，實在沒有太多閒情和餘力，用耐心誘導的方式來教育孩子，忙累之餘，他們對孩子的管教方式，往往頗具權威，經常是「軍（父母）」令如山，言出必行，沒有討價還價的空間，說得也怪，那樣專制而不囉嗦的方法，反而叫孩子們一個個服從最高領導，乖得很呢！

　　今天早上在教會聽盧弟兄講道，真是心有戚戚，頗為共鳴。他說近日讀了一篇文章，讓他挺生萬千感慨。故事中，小男孩的媽媽每天進進出出，兼顧家庭裡外，忙碌非常，所以和孩子之間的溝通，有時還得藉著留紙條來完成呢！有一天，她看到兒子在紙條上寫著這樣的話語：「媽媽，昨天我準時起床，妳欠我一毛錢；我幫忙妳澆花，妳欠我兩毛錢；我幫忙妳把玩過的玩具收好，妳欠我一毛錢；我在晚上八點前做好了功課，妳欠我兩毛錢；還有我為妳好好彈了半小時的鋼琴，妳欠我一毛錢，我得到老師的獎勵貼紙，妳還欠我一毛五分錢，所以所有做的事的 credit 一塊計算起來，妳總共欠了我八毛五分錢。」

　　這位媽媽看到兒子的字條後，二話不說地在兒子的書桌上放了八毛五分錢，並且禮尚往來地也回了一張便條，她是這樣寫著：「親愛的孩子，媽媽每天為你起早做早餐，免費；每天準時送你上、下學，免費，我為你買玩具，免費；你生日時，我為你舉行盛大的生日 party，還為你邀約朋友前來參加，並且熱情地代你招呼他們，也是免費；對了，昨天你生病發燒時，我又擔心、又憂愁地帶你去看醫生，然後到藥房拿藥，還緊張兮兮地照顧你整整一個晚上沒法睡覺，即使疲倦困乏，但我依舊是免費服務；親愛的孩子，我對你已經一毛也不欠了，但是你欠我的，一律免費。只因為媽媽愛你，我對你永遠只有無價的愛。」

　　「養兒方知父母恩」，聽了這個故事以後，再回顧過去父母對我們無所不至的辛苦付出，不免慚愧，汗顏於我們總在恣意支取他們的血汗和苦心，視為當然，他們卻從不曾和我們斤斤計較，祈求回報，等我們升等成為孩子的父母以後，在面對現代被美國功利主義薰陶過，凡事錙銖必算的孩子時，真覺難以招架，才發現父母有多麼難為，而對孩子的任性與淘氣，倍感許多憂心煩惱。

　　在美國的孩子，小學時候，就遭遇學校鼓勵沿門或對親友販賣巧克力、書籍及園遊會入場券的經歷，雖說目的是為學校活動募款，但終歸是自小被訓練成頭腦商業化的作風，養成做事好像都要得到報酬或代價的習慣，這樣開放的教育，固然教導他們及早學會了精明實際，不會吃虧的特性，但似乎有流於功利主義的傾向，比較起來，我還是欣賞我們那個時代鈍鈍的「言聽計從、完全順命」的憨厚純樸風格，畢竟愛是無價，不講條件利益的，這種無價的愛終究是世間最令人動容、最可貴又最美麗，值得大大書寫的真情啊！

循環的人生

　　我陪著母親站在街頭的十字路口上，正等待日間保健中心的接人專車，將她帶到老人中心，參加半天的「托老」活動。反常的高溫，熏得我頭昏，母親仍固執地穿緊她的大衣，任憑我說破嘴皮，她還是那句老話：「我怕著涼嘛！」，我氣得不耐說：「我還怕妳中暑呢！」

　　每天早上六點半起床後，我的生活就被一連串的緊張包圍，叫醒女兒，準備早餐，忙著把她送到學校，又趕回來催媽媽起身，為她搭配衣服，已經很匆忙了，偏偏失憶的老媽常不合作，只聽到她在樓上乒乒乓乓地在翻箱倒櫃，總是在我急得要抓狂時，才見他穿著睡衣和一雙臭味熏染的舊襪，終於下樓了，然後又隨意抓了雙我的鞋要穿出門，對於放在面前我為她擺好的鞋子，她一向視而不見，所以她幾乎不曾穿對鞋的彆扭堅持，常帶給我太多的懊惱與不解；可怕的是我在她襟上別好的名牌，也總是天天遺失，使我的每天難得空閒，忙的都是些為她補破網的雞毛蒜皮工作，我覺得很洩氣！也很挫折！

　　早上，朋友邀我飲茶，我說沒空，因為要送老送小，她們說改為午餐吧！我仍說沒空，因為擔心「托老中心」幫媽送回家時，沒人應門，她又會開溜，失蹤的戲碼再次重演，我不敢相信她被找回來的幸運還會再發生。朋友們對我的「平凡」又「頻繁」的擔憂、操心生活，充滿了不可思議的懷疑，始終認為我是找藉口逃避和他們聚會的邀約，我只有如啞巴吃黃蓮，有苦說不出般的苦笑著……

　　日子怎麼就走到這樣的光景呢？彷彿媽媽才為我穿戴整齊的上幼稚園去，媽媽那時也像我這般鉅細靡遺的為我準備好一切生活所需，叮嚀又叮嚀，嘮叨又嘮叨的重複一些尋常瑣事，我也常嫌煩的故意逆勢而行，為反對而反對的唱著反調，也曾令老媽嘆息、生氣和不滿，這些陳年往事好像才在眼前，怎敵他流年輕轉，我和媽要角色互調，媽媽當年的不爽心境，我終於充分體會，只可惜光陰已經如飛而逝，我們得向時間的下游行去，似水年華匆匆，這情懷真真叫人感傷哇！

　　女兒三歲時，我得了一場重感冒，昏昏沉沉裡，我熬了鍋稀飯，並盛了碗放在桌上等涼，沒想到，這小娃兒，胖胖的手，一晃一晃的把它抱到我躺的沙發旁，還拿了個小湯匙，一口一口的把米粥餵進我的嘴裡去，她顫抖顫抖的小手搖搖晃晃的模樣，真令人心疼，她口中還念念有詞的說：「我生病時，媽媽照顧我，現在妳生病了，到我來照顧妳囉！我們要互相幫忙啊！」她把飯都餵到我的嘴巴外了，還不准我喊停，因為「妳是病人，一定要聽話，多吃，營養夠了，身體的健康，才會快快恢復！」

　　女兒的孝心，令我感動得涕泗縱橫，發了燒的熱淚，幾乎燙傷我的臉，然而曾幾何時，妳叫她幫妳倒杯水來，她竟然會說：「媽！我的 project 趕不完，沒空啦！」就輕易的將我的請求打發。那個體貼的胖手女娃，逃跑了，我要到哪去張貼「尋人啟事」，才能把她找回呢？

　　最近女兒迷上大陸歌手陸虎的歌曲，整日裡唱著：「爸爸媽媽去上班，我去幼稚園」，耍寶的先生將歌詞改成：「女兒女婿去打工，我去老人院」，面對這個真實寫照，我內心深處，真有說不出的悸動。

　　看看女兒，想到自己，我突然記起這首「好了歌」來──世人都曉神仙好，只有兒孫忘不了！癡心父母古來多，孝順兒孫誰見

了？驚悟人生不就是這個循環嗎？做兒做女，做媽做爸，都逃不了
這番情景，生命的風景，不過是個循環而已，是我的擔子就得揹負，
該付出的記得付出，能獲得時不要輕看，因為因為，走著走著，我
們就將老去，這個循環過程，常常就在妳不知不覺中悄悄來臨，得
警惕啊！

神仙家庭

朋友和學生家長，常常羨慕及稱讚我把女兒的中文教得那麼好，她不僅能說能讀，還和我平起平坐，一塊收看國語連續劇，並對拍出結局是悲劇的劇本大加批評。

我也曾為她的中文水準非常驕傲自豪，怎知這小妮子最近熱衷台灣的年輕歌手和青春偶像連續劇，沉醉其中，過猶不及，簡直有些走火入魔。每天對著電腦翻箱倒櫃，尋求最新資訊，幾番收集、找尋各個歌手的新專輯，並且非原版不買，以前還想辦法託親帶故的從台灣帶來 CD，現在連等待人家班機的耐心都沒，她說：「一切有網，何需外求？既欠人情又耽誤時間，反正不過是多花幾個小錢而已，但卻省掉好多麻煩。」

我為她小小年紀就如此瀟灑不拘、大手筆花費的浪費態度，很不以為然。

每當她收到 CD 後，總是學了又學，模仿又模仿，並打開電腦的視訊設備，又唱又錄，儼然歌星模樣，陶醉其中，很是沉浸，我其實不反對她的自得其樂，只是看到她花那麼多的時間和那麼多的金錢在其中，不免有些微言，誰知小妮子非但不以為忤，反而氣定神閒、充滿信心地對我說：「老媽！放心啦！我一定會讓妳做成『星媽』的！別急！」我的天，我早就是『辛媽』（長年辛苦的媽），這檔事，毋庸置疑，不甚稀奇，但她說話的口吻與幽默和老爹如出一轍，可真是令我大吃一驚，不禁驚嘆基因遺傳的強勢力量，莫之能禦。

　　上回，失憶的老母，又在絮絮叨叨的管東管西，因為都是她自以為是的謬論，令我們不想理睬，先生突出溜兵奇招，「哇！我這輩子真會挑，一挑就挑個很會照顧人的好岳母，好岳母又會生，一生又為我生個好太太，現在我要為這個好太太出門採購，失陪啦！」幾個連串「好」字，可把這老岳母哄得團團轉而無力反擊啦！

　　天才的是某天，先生切好了蘋果、橘子放在老媽面前，並叮嚀老太太先洗個手再吃，老夫人繞個圈子洗好了手出來，前塵往事全都忘光光，反而指著那盤水果說：「這是那個人幹的？怎麼每次不吃完東西，就跑啦！你們誰，快來把它吃掉，我好清洗盤子。」先生順口就說：「老太太，妳癡呆啦！這盤水果是剛才切給妳的，妳怎麼忘得乾乾淨淨？」沒想到薑還是老的辣，母親一反癡呆常態地接口道：「是啊！我老早就老人癡呆啦！」哇！當名嘴碰到名嘴，真使我家滿室生「詼」呢！

　　昨晚，先生看我喝了濃咖啡，然後向電腦行去，這架式分明要熬夜趕文章了，他又開始名家評論啦！「唉！人生幹嘛活得那麼辛苦？打文章打得半死，誰看？這年頭，大家應付壓力，各忙各的，我懷疑還有多少人有這等閒情逸緻來觀看妳的『廢話連篇』，妳若是瓊瑤就罷了，否則趁早收攤，還可省些電費和元氣呢！」

　　我瞄他一眼，還在思量如何來個回馬槍時，快嘴的女兒卻大義勸親：「老爸，你怎麼知道老媽七十歲時不會成為瓊瑤呢？再給她一些時間，讓媽媽的寫作功力長大吧！」

　　咦！知母莫若女，這女娃滿有愛心和信心的嘛，居然還寬厚的給了我十五年的衝刺願景去等待，我好感激！

　　朋友說，你家真是神仙家庭呢！各個名嘴，天天愉快，真熱鬧！難怪妳靈感不斷，發表頻繁！是嗎，我一直以為自己的幽默善文是

天生麗質、遺傳基因優良呢！原來竟是拜家有「磨刀石」，竟日砥礪磨鍊之故呀！

　　這些天來，先生、女兒嚴重感冒，除了此起彼落的咳嗽聲，在滿屋飛揚外，不聞歌聲、不聽闊論，我突然覺得非常冷清寂寥，神仙病了，家，好像也變了樣……

歲月流失

　　家中客廳掛了幾幀巨幅的結婚照，總想這輩子難得濃妝艷抹，就讓這些「投資巨額」的「人工美」，向歲月示威吧！

　　那天，鄰居莊先生來訪，看到了影中人，很不可置信，竟然以他的台灣國語，高頻率的音量，頻頻詢問：「莊維敏，這個牆上的女人真的『恕』妳嗎？」「廢話！我家又不是藝廊館！有必要展覽別的女人的巨幅沙龍照嗎？」「哇！真是打『鼠』我，也不敢相信妳以前也有這麼漂亮過。」這個老實人顯然是講了個「不老實」的呆話，有夠打擊我的士氣呵！

　　「喂！放心啦！我不會為了印證我曾經有過的美麗，而殘忍地把你活活打『鼠』，只是虧你還是我的莊姓『本家』，怎麼會發出這樣無知又冷酷的問題，實在太不給面子啦！」我有些不爽的抗議。

　　哪知，除了莊姓本家，我的「自家」女兒也相繼發表「詆毀謬見」。「老媽，妳不要怪莊叔叔啦！我也有同感，現在的妳和照片裡的人，完全不像，而且簡直相差十萬八千里，也難怪人家會懷疑。妳怎麼會變成如今這個衰老的樣子嘛？都怪當年的那家照相館師傅把照片修改得太離譜了，對照今天的妳，距離實在太大，真教人很難相信，妳也有那麼可愛過。」

　　女兒的大義滅「靚」，著實教人失落，我還在做困獸之鬥，「女兒哇！去承認妳媽過往的嬌媚容顏，有那麼困難嗎？想想如果沒有妳媽昔日的美貌，怎麼有妳被恭維成美女的可能呢？飲水要思源，可別小看了基因遺傳的威力嗖！」

95

還好先生一旁主持正義，說了句公道話：「女兒呵！可惜啊！妳媽風光時，妳不能躬逢其盛，想當年，她可真有幾分『姿』色，才會令妳老爸我苦苦追求，怎堪她而今的徐娘半老，眼下只剩留幾分『癡』色罷了，今非昔比！往事只能回味囉！」咦！這兄台以前不是苦苦追「求」，怎會換成此刻的苦苦追「殺」呢？實可謂為德不卒，只肯還我部份公道，其餘不堪入耳矣！看來也只能收聽前半段，後半段可要「歇後」啦！

洛城的六月，著實絢麗，紫薇花開了，但見枝頭一片淡紫縈繞，落英繽紛，佳景頗是醉人。踩著這塊充滿詩意的一地紫衫，不期然地總會念起南台灣初夏「紅肥綠瘦」時候，似浴火般燃燒的鳳凰花束。是的，紫薇花原本就是另一種鳳凰木，花開了，為天地帶來夏意，也同時送到了離別季節，最近忙著結算學生成績，算著算著，又要送走一屆學生，離情依依，終歸是不捨。算幾番年來年往，相似的場景，不斷的經歷，成為人生單一不變的行旅，只是布景背後，三十多年的教學生涯，就此匆匆飛走，長溝流月去無聲，無奈總是要作別無語的青春……

壁上相框中的我含笑嫣然，說的是芳華璀璨的榮美，而現實中的我，紅顏已老，寫盡世事滄桑的無憑，歲月流失，原是如此輕易，這新陳代謝的循環故事，原來也不過這般自然，除了默默接受就是格外珍攝，此外還能怨啥？

耳邊又傳來那首熟悉的歌曲：

望百年好比一瞬間　繁華用盡　只因用情太深
望流水　好似流年　浮雲恰似浮現在眼前
我站在山頂俯首望　秋風望淚眼
望百年好比一瞬間　繁華用盡　只因用情太深……

　　可嘆繁華終究落盡了歲月，這光景、這次第，恁是無情，真無法瀟灑面對！

莊維敏和先生朱會文的結婚照

吃番薯和薯葉的日子

　　婆婆在世時，每回外出用餐，她經常點的一道菜肴，就是鹹魚炒飯。第一次面對這盤炒飯上桌時，我總覺得它其貌不揚，同時還夾帶一股怪味，所以遲遲不肯下箸，可是婆婆殷殷勸食，只有勉為其難的盛了一小碟，原先還應酬似的勉強吞下一口，好像如此就可對婆婆交差了，沒想到品嚐它的滋味後，猶如吃臭豆腐一般，一口就欲罷不能了。這種由排斥到口齒留香的喜愛感覺，常讓我對這道食物，不自覺地連想起「鹹魚翻身」的成語來。

　　最近鄰居送來一大袋新鮮的有機薯葉，乃她家自栽的，菜葉細嫩油亮，真是令人垂涎欲滴。遂勾起我的許多回憶，記憶在我們童年的時光裡，左鄰右舍幾乎都是增產報國，一家兒女至少半打以上的，比比皆是，屋小人多，成為正常的不正常現象，彷彿家家都可組成一支球隊，熱鬧足矣，可惜父母薪資有限，光是應付柴米油鹽醬醋茶，就夠嗆了，糧米欠缺，發育中的孩子，張口就喊餓的狼狼尷尬，也處處可見。那時候，許多人家都種植根莖類的番薯，其中薯葉的生命力極強，隨處生長，一下子就串成一大片，然後發芽冒出番薯來，景觀甚是可愛，別看它繁殖快速，有些微賤，不甚稀奇，但是番薯卻頗能果腹填肌呢！而薯葉又能當作青菜，一種植物，兩番功用，因而成為那個時代，每家食譜必備，原因無他，價廉物美，摘種容易，常常收穫滿菜籃，為各家省了一筆開銷呢！

　　然而，孩子們喜食變化多端的美味，不管是番薯籤稀飯、蒜頭炒薯葉、清蒸番薯、烤番薯還是涼拌薯葉，即便是父母絞盡腦汁地

改進烘培方法，都吸引不了我們更多的食欲了，非但如此，更嚴重的是我們聽到番薯二字，就倒盡胃口，只差沒有掩面而逃了。

我家還算有一些些幸運，因為媽媽還在教小學，雖說是家中孩子六個，至少爸媽都有收入，雙薪家庭，比起教我們體育課的朱老師，他一人教課，卻要負擔八個兒女的生活，我們家可算是富裕多多了，至少當我們兄妹皺起眉頭一律抵抗「番薯親戚」上桌時候，爸媽有時也會從善如流，讓「番薯家族」暫時上不了我家檯面，好讓我們的抗薯情結稍微舒緩，而朱老師的孩子們卻無奈的繼續守著番薯守著葉，這是人生的悲哀，也是番薯和我們結緣的開始，可惜結來結去，無法結成善緣，因為實在無法吃它千「變」也不厭倦啊！

童年易逝，青春不再，時光飛車，早把我們帶到了中年，幾十年的歲月，匆匆！可喜的是聽說朱老師家的幾位孩子都很有成就，告別了被迫吃盡「番薯家族」的羞澀無奈，苦盡甘來，也算是鹹魚翻身吧！

風水輪流轉，曾經「番薯世家」的生涯，讓我們恐懼不堪。曾幾何時，電子郵件不斷告知俗名地瓜的番薯，可以保護身體不致癌症，還可以預防心臟病，而地瓜葉更列為全世界最營養的蔬菜，因為含有十五種抗氧化物，除了預防發炎與一些癌症外，同時又是防止便秘惡習的最佳蔬菜，總而言之好處說不完，它的身價突然扶搖直上，成為市場上價錢不貲備受珍愛的的上品，受盡富人的另眼相看，鹹魚翻身的奇蹟，真真令人不敢相信，以前談番薯而色變的我們，也不得不跟著附庸風雅、現實地去追逐營養家的推薦，重新再愛它們一次了。

一樣番薯兩樣情，走過幾十年的流水歲月，我突然發現生命不也同番薯一般，且不問世人的嫌棄或鍾愛，但管堅持自己不變的美好本質，結果終究會像野地裡藏不住的春天，將它燦爛的光彩揮灑

出來，再受青睞，所以得時也好，失勢也罷，儘管守著自己的一片
冰心，還怕沒有鹹魚翻身的一日嗎？

愛心與叮嚀

正在辦理退休手續的先生，需要一份我們在法院公證的結婚證書，他翻箱倒篋，找得滿頭大汗，卻依然不見證書蹤跡，累了，急了，沒好氣的問我：「是不是妳把它藏起來啦！」「開玩笑，你不是總嘲笑我是糊塗蟲，不堪重用，所以各種重要文件一向由閣下保管處理的嗎？怎麼這會可靠的人也和我『同流合污』，突變成不可靠的傢伙啦？」

先生白了我一眼，自言自語的發著牢騷：「真是莫名其妙，我們結婚都二十多年了，厲害的人都不知道結婚離婚幾回合了，居然還要考察我們的這個『歷史』資料，簡直無聊透頂嘛！」然後惶惶不安的繼續搜索。

我突然靈光一現，在樓上抽屜裡拿出一份當年結婚時的喜帖，詢問是否可以替代？他瞄了一眼喜帖，大吃一驚的稱讚我：「哇！還是老婆心細，虧妳還保存了這張老掉牙的『古董信物』，不簡單哪！」

哪裡是我會珍藏啊！這是前年我返台時，乾媽特別「送」給我的驚喜。來美二十多年，幾度搬家，一大堆東西早都不知「藏」丟到哪裡去了，喜帖就是其中一件，我真是感謝乾媽為我保留這個「稀世珍寶」的體貼愛心呢！

提起乾媽，就讓我特別感覺人與人之間的契合原是一份多麼難得的投緣，嚴格說起來，乾媽並不是我的親乾媽，我小時候，她是鄰家魏二哥的乾媽，因為乾爹是爸爸的軍校同學，又住在我家斜對

面，他們唯一的寶貝女兒雯雯，與我年齡相近，常來我家嬉戲玩耍，當年眷區的居民本來就是守望相助如家人般的，更何況我們之間還有這麼多層層關聯呢？所以乾媽「愛屋及烏」的疼愛我這個「女兒玩伴」，我也跟著魏二哥「乾媽乾媽」的喊了起來，叫得自然而順口，久而久之就彷彿是親的乾女兒一般，這麼一喊也就一輩子了。

乾爹是一所軍校的校長，可是乾媽卻沒有一點將軍夫人的架子，她為人親切溫和，對我相當疼愛，我和雯雯從小就是知心好友，乾媽也因此成為我們傾心信任的長輩，有事請教時，她總是耐著性子幫我分析利弊得失，讓我心悅誠服，她真是我的良師兼益友。

我大學畢業後，他們舉家北遷，但我們依然電話信箋不斷，跨越了時空隔閡，關愛卻不曾停歇。我來美前夕，乾媽為我餞別，依依離情感人，讓我幾乎無法動箸。

第一次從美返台，乾爹、媽為我接風之餘，她又不捨我的旅途勞累，從萬華熟悉的服裝店抱了五套衣服送到永和讓我試穿挑選，炎炎夏日，乾媽的熱情更勝過高漲的氣溫，一直溫暖著我心。

去年返台，時差的疲累讓我對台北的燠熱天氣，很不適應，乾媽煮了我愛吃的豬肚蛤蜊湯要坐巴士來給我，被我電話阻擋，我怎忍心要一個八十五歲的老人家，冒著酷暑來看我呢？我答應她一定快快恢復體力前去探望他們，乾媽一如往日的柔聲安慰我：「維敏，我們現在已經不再年輕，所以凡事不要勉強，慢慢來，乾媽現在常常叮囑自己『凡事不要急，不要勉強自己，有多少能力做多少事，這樣才不會出差錯』，平日裡，即使是趕時間，看到巴士就要開走了，我也絕對不會追跑上去，否則不小心絆倒摔跤了，這後果可不堪設想啊！維敏，聽乾媽的勸，行事隨緣，莫逞能，千萬不要勉強啊！」

　　我反省到自己靈感來時，往往不眠不休的一口氣把文章趕好，以為可以對自己的心交差了，殊不知精疲力竭的耗損，對自己的體力卻是無法交待，方始悟出乾媽所言年歲漸長，形體日衰，實在經不起太多「勉強」折騰的道理。

　　那張紅紅的結婚請帖，歷經歲月滄桑，雖然金粉斑駁脫落，不再亮麗如昔，但乾媽的愛心與叮嚀卻是日久彌新，穿越時光隧道，一直在我心深處閃亮耀眼……

左起大姊、二姊、乾媽、我、乾妹和舍妹

歲月的眼睛

　　我家門前嘉偉大道和大西洋街的交口處，是一片空曠的廣場。平常日子，它總是孤伶伶的獨自面對人來人往的繁忙交通，乏人問聞，好是寂寞，總令我同情。

　　但是啊！逢到節慶時節，嘿！它可就轉身一變，身價扶搖直上，成為商場上生意人必爭之地了。

　　初夏的腳步方至，天氣仍是微寒，人們還來不及脫下春裝，就可看到各式各樣的鞭炮、煙火，整齊排列地充斥這片空地，為美國國慶點燃序幕。接著是秋涼時候，萬聖節的南瓜林立，而後是好像才剛看到南瓜收攤，不經意間，大批的聖誕樹又佔滿這塊角落。

　　它是各方人士慶祝佳節買時貨的好去處。等到節日一過，所有的應景貨物，立刻火速撤退，廣場又回歸本相，好像不曾熱鬧，而有過的繁華轉眼成空。然而也就是在這樣的年來年往，季節的迭變，時光的嬗遞，彷彿在此運行，匆匆一年又到盡頭。

　　這幾年，忙東忙西，似乎沒有太多的閒情留意廣場的變化，突然間關心它，實在是為取悅家中的小人兒——我們家的掌上明珠。去年萬聖節，小朋友方才一歲半，為了機會教育，我們全副冬裝的在南瓜群中，又是照相、又是敲打，挑三撿四，好不容易眾裡尋它千百度的，才挑中一個價錢、大小適中的南瓜，帶回家做紀念品，沒想到不解世事的小傢伙突然茅塞頓開，愛透了這片會「隨機變化」、「適時生產」各種應時佳品的大空地。

　　從此小人兒的世界，開了竅，對這片「沃土」，因此投以特別關愛的眼神，雖然才是牙牙學語的當頭，可是每天當我們開車經過時，她總是手舞足蹈，東指西指、哼哼哈哈的別有意會。

　　而今，小女生開了心眼，伶牙俐嘴了。更是三不五時的記掛她的「夢幻園」。「媽媽：明年我長大了，可以放煙火了吧？」要不就是「媽媽：南瓜為什麼就收攤了呢？這下子真的要明年才能再見了嗎？」「媽媽：是不是再隔幾天就可看到聖誕樹了？」然後就見她精神抖擻的「叮叮噹」，邊哼邊跳的開始過聖誕節了，那樣子、那忘我的姿態，令人忍不住的陶然心動，孩子對節慶的敏感與期待，真不得不教人驚訝！

　　我不禁聳然而驚，歲月的流失，原是這般輕易與快速，我還記得去年和小 Baby 共戲南瓜叢中，她傻不隆冬的渾沌未開，怎麼好像才沒多久的事，而今她竟然已會和妳唱反調了。

　　原來歲月的眼睛不停地眨呀眨，而我們的青春歲月也不過僅是一晃之間，也不過是一個眨眼而已。我還記得小不點依稀才剛落地的光景，怎不經意，她已長成很有主張，已會計算節日先來後到的順序了。

　　而我，即使是不曾期待過角落裡的各種節慶，即使是不會細數那兒來來去去的幾番風雨。可是我又不能不去逃避我來美已經十年，我在這片廣地旁匆匆掠過已有十個寒暑的事實。唉！這眨呀眨的歲月的眼睛，原來只是一轉眼的功夫。

　　十年只是一轉眼的光景，仔細思量，人的一生歲月又何嘗不是一轉眼的流程，閉起眼來，我還分明看到那個黃毛丫頭，緊張兮兮地為初中聯考在拚命，怎麼一個不留神，她已翻躍了高中、大學的城牆，而今一個眨眼，如果不是遲婚、如果不晚生的話，孩子都該讀大學了。

「曉鏡但愁雲鬢改」，不去思量，這世間一切終歸不過是一瞬而已。回過身來，你必然看到生命的列車，它發動引擎、起程了。它翻山越嶺，載你穿過嬰孩、爬過青春、飛躍中年、走到遲暮，它一路不停，拚命往前，把你從髫齡童顏帶到雞皮鶴髮，甚至青塚一堆不見了，你似乎還覺得意猶未盡，活得不甚過癮，卻敵不過黃粱一夢，夢醒了，終要歸去的事實。

生命、歲月原都是一剎那、一轉眼的流程。既然人生一切也不過是轉眼間事，那麼得意之時，痛苦之刻，也都不過轉眼，還有什麼值得計較？人生海海，歲月不過如此，除了珍惜，善為應用，又能如何？

愛與隱私

去銀行辦完事後，我打電話給先生：「我現在在大哥家附近，所以就順道去他家探望，坐坐、聊聊，會晚一點回家，別擔心！」熟知，先生不由分說，就把官腔打了過來：「妳來美國這麼久了，怎麼還不懂得要先打電話詢問人家有沒有空接待妳，就興之所至，冒然登門拜訪了，未免太不尊重旁人的隱私權和沒有禮貌吧！」

「喂！兄台你也太小題大作、食古不化了些吧！大哥從小看我長大，我們是親人，哪有什麼隱私權的考量，他如在家，我就給他個 surprise，倘若不在，我立刻打道回府，就算白跑一趟，又有什麼關係，我喜歡看到親友們為我的『突擊』拜訪，所透露出的訝異開心，為平凡單調的生活投入許多新鮮的變化，是多麼有趣啊！」

在過去，沒有電話的日子，生活中被長輩親戚或者同學們偶然來訪的興奮所激起的漣漪，是我一直念念不忘的情愫。每當電鈴響起，在門上針眼洞口的小小細縫中，瞄到久別的熟悉臉龐出現，那份欣喜真是難以言喧啊！那個時節，總在不期而遇的重逢中留下無限歡樂。

什麼是隱私？這真是到了美國，時常被先生耳提面命之後，才稍微不得不正視的一個困惱習俗。憑良心說，在我心深處，還是根深蒂固的嚮往那個科技不興，人情悠然互動，真情相見的古樸時光……

朋友高齡得子，為了好好做好月子，於是她搬回娘家，癡心的父母，除了勤做佳餚為她大力進補外，並且心疼她產後的虛弱，在

三餐、宵夜之後，還包辦了照顧幼兒的艱辛「大業」，朋友高枕無憂的恣意享受父母無所不盡的愛心，是多麼幸福！而她的父母，忙碌勞累，為女為孫，更是心甘情願，一無怨言的圍繞在新生命中打轉而無悔。

三十天，一晃就過了，朋友的洋夫婿迫不及待的把妻兒接了回家，沒想到問題矛盾就此誕生了。多情的外公、外婆，因為與外孫朝夕相處，即便是短短一個月，卻也埋下深情，忍不住日夜的思念，他們兩老，常常在女兒下班時候，帶著新鮮的晚餐去看望女兒一家，他們在客廳抱著日益苗壯的「小人兒」，自是歡喜莫名，隨著小嬰孩的手舞足蹈而起舞，老人家沉醉在含飴弄孫的愉悅中，忘情的跟著小孫兒而咿咿呀呀，怎知在飯廳進餐的洋女婿卻已愁眉深鎖，搖頭連連。

洋女婿以為自己為工作已經累了一天，很想放鬆自己好好休息一番，多了岳父、岳母這兩個「外人」，很不方便，再者，與兒子也一日未見，更渴望享受逗兒樂趣，家庭天倫、夫妻孩子的團聚情懷是自私的，的確不容旁人分割的，雖然泰山、泰水是帶著豐富飯食、不辭遠路的辛苦而來，但是他只想到自己的隱私權被剝奪的不堪，何曾念到老人家的用心良苦？

有了父母的愛心晚餐，朋友在一身疲累之餘，返家後，可以馬上享受熱騰騰的美味食物，同時因著父母呵護的幫手，又可趁機喘口氣歇息一會兒，實在是求之不得，感激不已。奈何洋夫君的神色與她父母的頻繁出入而成正比的越來越臭，到最後幾乎要下「逐客令」了，朋友夾在其間，左右為難，她的苦瓜臉也愈來愈長了。

追求隱私，的確是外國人對待生活的基本方針，但是至愛無怨，親情無價，又何可輕忽？異地生存，除了多多警惕自己要入境隨俗，潛意識裡，我還是忘不了親人總是來按鈴的那份乍見驚喜啊！

玩具與女人

　　表姐手中捧抱一個會說話、會走路的洋娃娃，獨生女的她，臉上透露出多少的滿足與得意，我有多麼羨慕？在那時，身為公務員的雙親為養育家中六個兒女，每天忙得暈頭轉向，捉襟見肘的負擔，早就令他們憂心忡忡，自顧不暇了，又哪有餘力，去思忖孩子們渴望擁有玩具的心情？因而表姐的洋娃娃，從此成為我朝思暮想的首選玩具。那年，我才五歲。

　　升格變為媽媽後，不忍獨生的寶貝女兒，重蹈我「求之不得」的感傷覆轍，對於她在玩具方面的要求，我總是竭力配合，一向都是有求必應，就怕我兒時的遺憾，在她身上歷史重演。想當然爾地，表姐的洋娃娃，也曾是小女孩的「第一志願」。女兒很幸福，在玩具的需求上，從未經歷我的「求不得苦」，也因而胃口越來越大，對我童年的「夢想」，早已玩膩，現在走的是與科技接軌的路線，什麼原版 CD、手機、ipod、數位相機……欲望層出不窮，為了收斂她往上結果的「無限想像」，先生和我開始嚴格把關，一起研究她的「新鮮期待」是不是有「升等」的必要。

　　熟知，研究審核的結果，發展演變成先生的「同流合污」了，竟牽動起他對新玩具的「採購狂」，我才驚覺，原來喜歡玩具的特權，不單只是屬於孩子獨有的危機了。他淘汰了當年所費不貲購買的錄影機，換了個小巧玲瓏的新款式，在我嫌貴的嘮叨還沒終止的當頭，他居然又添置了一台「GPS」，自從這架小小的導航器進駐我家以後，我們的日子就不平凡了。常見先生手持新歡，把玩撫摸，

仔細端詳，愛不釋手，不時探討琢磨，喃喃自語，關懷備至的愛心，彷彿對待他才迎進家門的新娘一般。然後三不五時，開了車庫，就和「她」出遊去也，連個招呼也不打，美麗的藉口乃是測試這個玩偶的忠誠度有多少，也唯有車子在屋外發動行進時，才可以和衛星搭上線，完成尋路作業。

我以為「新娘」踏進吾家，開車緊張的先生從此就可「坦然無懼」地迎向前去，行萬里路了，我這個看圖低能的愚婦，也可趁機託福地「高枕無憂」矣！誰知事實全然不是那麼回事。

只見先生進進出出，忙碌非常，奈何「新寵」總沒默契，導航器的麥克風頻頻播放出一個女人糾正他錯誤的聲音。未蒙其利，就被她反覆勸導「迷途知返」的噪音給氣炸。猶記上周陪女兒去領南加州中文學校聯合會頒發的獎學金，四十分鐘車程的 Pacific Palms Resort，原本是熟悉的路線，誰知「她」指揮我們拐彎抹角、東轉西轉，把我們搞得頭昏腦脹，還不見目的地，先生火大了，跟她唱起反調，一意孤「行」——走自己的路去也，無奈那女人還一直在力挽狂瀾的「瞎指揮」，一定要先生就範，先生終於發飆責罵：「這個女人除了不可靠外，怎麼還這麼煩，沒完沒了的，真囉唆！」我馬上接話：「這下子，你可體會你老婆的可靠與可愛了吧？」「不！這女人雖然煩，但是一次買斷，上當就只一回罷了！哪像我老婆把我終身拘禁，吃我一輩子。讓我永世不得翻身，比較起來，吃她的虧，看起來還比較划算些，至少不至於淪入到今天人財兩空、損失慘重的田地！」

「唉！真是嘴硬的鴨子，無藥可救了，就讓你去『好好享受』那碎嘴女人的折磨吧！」。我只有搖頭嘆息的份！

有趣的是，昨天，我們外出，突然導航器「沉默是金」了，我正在納悶狐疑之際，先生得意洋洋的對我炫耀：「看！我多厲害，

我把發聲器關起來了，這下子，這女人有口也難言了，呵！呵！『道高一尺，魔高一丈』，這會兒，我的耳朵可清靜了。」「爸爸！你的玩具變成『啞巴新娘』啦！你既然不聽她的，幹嘛要花那麼多錢買她？就去雅虎查查資料不就得了？真是浪費！」哈！哈！現在啞口無言的，換成先生了，一物降一物，無論如何，反正總有一個女人會說話，這才真是「道高一尺，魔高一丈」呢！

傷口

　　人是會受傷的，而傷口的癒合在好長一大段日子的將養生息以後，卻還不見得會復原的。

　　因為趕路而不小心被石頭絆倒在地，摔得不輕，仆倒在水泥地上時，劇痛莫名，爬不起來掙扎的瞬間，腦中閃來的念頭，除了擔心是否會折手或是斷腳外，便是希望沒人看到我的狼狽慘狀！

　　幸運的是終於可以站起來了，怎知曉手肘擦傷嚴重，滴血淋漓，怕路人譏笑，我忍著痛楚極力撐住，殊不知已經傷膝傷肘，腳已無法使力，一拐一拐地到餐館取走了預訂的牛肉餡餅，就只能搖搖晃晃地將車開回家了。

　　先生、女兒看見我這個傷痕累累的模樣，驚嚇之下，即使美味當前，也不忍心開箸，為了鼓吹他們的食慾，我還故作瀟灑地大口嚼著噴汁的新鮮餡餅，口中喃喃讚著：「好吃！好吃！」天曉得，明明自己是痛得食不知味，還強顏歡笑，真是苦中作樂，用心良苦。

　　原以為，幸運地只是皮肉之傷，沒有傷筋動骨，只要小心傷口別受感染，等到結疤以後，必定很快恢復原狀的。哪知，摔跤當晚，傷處疼痛苦楚，竟至徹夜難眠，熬到丑時兩點半，即便拿出雲南白藥擦敷，依然無濟於事，盤算期待著天明後，應該會漸入佳境，假以時日，就可和這樣的困窘狀況撒喲拉拉啦！無奈事與願違，兩個月了，膝蓋處因有長褲擋著，所以康復地快些，手肘地方卻因衣袖狹窄，傷口常常摩擦，始終不得緩解。

　　形體的受傷都是如此輕易而辛苦，更何況精神上的傷痛呢？

　　一位單身貴族女友，最近選擇同學的姐姐作為購屋的經紀人，她想一生積蓄，好不容易在洛城可以買一棟房子了，自然是精挑細選，想要買到期盼已久的一間夢幻金窩，從此享受「住有屋」的福氣了，她是尋尋覓覓，左選右選，總希望皇天不負苦心人，讓她慧眼識屋，如願以償，怎知那位經紀人陪累了，有些不耐，不免半是玩笑半認真的發出牢騷：「如果每一個客戶都像妳這樣挑肥揀瘦，嫌東嫌西的，我恐怕早就餓死街頭囉，妳實在是挑得過頭了，也難怪到今天還沒有嫁出去。」

　　一語雙關的譏諷，把女友氣炸了，對我訴苦：「難道沒結婚也犯法了嗎？我勞苦半生，千辛萬苦的積攢了一筆現金，想要認真找尋一處理想的『安樂居』也錯了嗎？寧缺勿濫的執著，有什麼不對？買屋子和結不結婚有什麼關係？沒結婚已經夠孤單遺憾了，為什麼還要成為被人奚落的把柄呢？」

　　我一直以為這位女強人個性灑脫豪放，經得起玩笑的，沒想到她卻對熟識朋友的話語竟是如此耿耿於懷，不堪一擊；畢竟她被深深刺激到一個最不願觸碰的傷心處，買房美事因而沾上變數。

　　也許因為學的是文學之故，我的個性一向脆弱多感，對於自己的羽毛特別保守看護，一個從中學到大學的同窗摯友，每次都挖苦我：「妳的心好像是嫩豆腐，經不起碰撞，每天晚上臨睡前都會把它捧起來撫摸檢視一番，唯恐有恙，否則定會難過鬱抑幾天幾夜不樂了。」這個知音總是勸慰我：「放寬胸懷，何必自苦？世界上有人天生見不得她人的好，喜歡逞犀言利語的痛快，根本無庸介意？應付之道，唯有鞏固心房，才是愛惜自我的不二法則啊！」

　　看來形體的傷害，有賴於自己行止之間的千萬細心，免於招難，而內心的傷口又何嘗不是還得借助於自己的鍛鍊琢磨，為自己

儲備抗傷能量，方能養成金鋼不壞之身，以敵退諸方無意而起的利刃襲擊，那麼旁人又如何能傷害我們呢？

　　傷口的預防良鑰（藥），原來還是操之在我的啊！

夢醒不了情

「有時我幾乎臥倒，祂知我的軟弱；當祂叫我向祂倚靠，我樂受祂扶托。祂帶我走光明途徑，日過光明生活；所以我們就同行，我主與我。」

室外洛杉磯正有三處大火焚燒漫延，許多道路都被封鎖，此起彼落的救火車正在嗚嗚地叫囂不停，整個洛城彌漫在烏煙瘴氣與焦慮不安的恐懼慌亂之中，原本最守時，常常領我們歌唱聖歌的朱大哥也困於交通的阻塞而姍姍來遲，室內，我們為歡送李弟兄夫婦的惜別愛宴幸能平靜準時的舉行，並且高聲唱起這首〈我有一位好朋友〉的詩歌。

三年多的時光，李弟兄夫婦和我們一起聚會，他倆從大陸來，原先是滿懷壯志、歡歡喜喜抱著「淘金夢」而登陸美國這個新大陸的。然而一千多個日子的追尋，他們吃苦耐勞，分別為人做管家、餐館打雜……等等瑣事，「吾也多能鄙事」，本圖賺筆錢後，衣錦還鄉，孝悌幫助親友之餘，同時也為自己的晚年存個老本，屆時就可無憂無慮迎接無限好的向晚黃昏了。

怎知人算不如天算，計劃趕不上變化，李太太打工時被主人家的狗咬傷，費時耗日許久，才調養治療成可以一拐一拐的走路狀況。人雖有恙，但沒有保險，即使是病了傷了、還得勉強撐著去工作，因為與人分租的房舍需要租金，吃飯需錢，看醫生也要自掏腰包，每天睜開眼，就彷彿看到有無數隻張開的大手向他們討錢，拚命苦幹，沒日沒夜的，幸運地沒病沒痛，也僅夠換得三餐溫飽而已！

午夜思維，想到千山萬水奔馳，錢沒掙到，只賺到了滿頭白髮，一身壓力，想起故園老父，倚閭期盼，望斷天涯，而自己卻一事無成，積蓄耗盡，嚇得冷汗直流。

　　他們想到八十高齡老父的殷殷翹首，錢已沒賺到，倘若再連孝道也賠掉，怕恐怕將成為終身的憾恨與虧欠了，不寒而慄之下，他們終於痛下決心，回頭是岸，拋下那顧慮許久放不下的面子，打道回府了。

　　這個決心下得艱難，可是決定之後，卻也有如釋重擔的輕鬆，只是來時不易，去時更不易，畢竟三年多的堆積，不管是家當還是情感的割捨，在在需要整理，更何況出關容易進關難，此地一為別，就是煙波浩淼，別時容易見時幽了。

　　李弟兄娓娓細訴他的花旗夢，淘金夢碎，雖然有些失落，但因此換得了走入教會認識神與我們這批弟兄姐妹，則是最大的收穫，他說得是那麼自然懇切，我們聽得更是萬分感動。在私人的感情上，我們真捨不得他們的離去，但內心也著實為他們高興，至少他們將不再接受異國謀生的艱難挫折與折磨逼迫了，同時和親友重逢團聚，共享天倫，又是多麼值得歡喜的事啊！

　　想到美國一直都是許許多多人的黃金夢鄉，但誰又知曉會有金融海嘯？而今美國正陷入前所未見的凌冽和悲涼的經濟蕭條，像李弟兄這樣天涯夢斷的失意人，又何止千萬？而洛城的大火還在灼灼燃燒，冷不防地還有聖塔安那焚風的助威，熊熊烈火正燒掉多少甜蜜家庭的美夢，人禍天災、相逼而來，水火無情，人生無常，這世界還有什麼是可以永遠握得住的？

　　「有時我幾乎臥倒，祂知我的軟弱；當祂叫我向祂倚靠，我樂受祂扶托。祂帶我走光明途徑，日過光明生活；所以我們就同行，我主與我。」我們一次次的再度大聲唱起這首詩歌，不僅為送別臨行的他們，同時也為激勵還要留在異鄉奮鬥的我們自己！

驕傲的媽媽

中文學校放學後，正趕往停車場時，突然看見眼角、嘴角都閃爍笑痕的姚太太，我被那樣動人的笑容感動，也忍不住地跟著她開心起來，不禁順口一問：「有什麼喜事，令妳如此春風得意啊？」

「莊老師，妳知道嗎？我家曉晴昨晚在學校的莎翁短劇晚會中，一字不漏地把她扮演的角色演完，妳知道嗎？我有多麼驕傲，多麼滿足嗎？」「真的嗎？這真是天大的好消息，我為妳感到驕傲，謝謝妳讓我分享了這份喜悅。」

姚太太在二十九歲時，生了聰明的長子，五年半後，又懷了期待已久的老二，怎知嚴重的害喜症狀，使她臥床數月，才能如常活動，只差半年才屆三十五歲被稱為高齡產婦的年紀，可以不必做羊水穿刺，她正暗自慶幸逃過一針之刺的折磨，怎知卻未能逃過生下一個弱智兒童的無奈。

意外出現的那一刻，她痛苦、埋怨、悔恨、懊惱，日子在一片恨海消沉中恍惚難過，全家生活腳步簡直大亂，她悲哀、她無奈，根本連活下去的勇氣都沒了，直到有一天聰穎的老大，睜著慧點的雙眼，無辜的說：「媽媽，妳哭累了嗎？我們可不可以去吃頓飯呢？哥哥餓餓！」哭腫了的雙眼面對另一對飢餓的雙眼，她才忽然驚悟，忽略照顧孩子天責的殘忍，多麼罪過。

擦乾眼淚後，她痛下決心，堅強去面對未來，首先她辭去工作，全心全力地照顧二小，曉晴漸漸長大，雖然反應遲緩，卻是善良可愛。姚太太把她送到特殊學校，從穿衣吃飯開始訓練，從簡單的言

語到表達需要為止，曉晴的每一步跨得比同年孩子艱辛與緩慢，但因為有爸爸、媽媽、哥哥、老師的全力支持與鼓勵，她終於超越先天殘障的無可奈何，而漸漸往她生命中的多采時光邁進。

她已升入普通班就讀，更參加了學校女童子軍，接受正常的活動訓練，她仍然不夠聰明，但已逐漸靈活，甚至可擔任莎翁短劇的一角，她已突破生命的厚繭，做母親的歡喜與驕傲可想而知。

姚太太說：「真謝謝美國特殊教育制度的完備與不放棄的美意，朽木可雕，只有永不放棄的訓練，才造就一直進步的曉晴。」

凡走過的必留下痕跡，姚太太的淚水，未曾白流，她的辛苦有了代價與安慰，我為她驕傲，更為她祝福。

何處是兒家？

我曾在一間私校的課後班教授中文，常有懷才不遇、有志未伸的惆悵，因為這批學生多半是放學後乏人照顧、礙於此地十四歲以下，不能單獨待在家中而不得不託學校代管，所以孩子們上課往往心不在焉，要不就是得過且過地只求黃昏的腳步早些來臨，就可迎得雙親接送返家，為一天的「留學」生涯打上句點。

在這樣「先天不足」的學習環境下，想要傳道、授業、解惑，實在是力有未逮，而單是維持上課秩序就令人費盡心機。孩子們就像是脫了韁的野馬，為所欲為的吵鬧，所以每天上課就像打了一場仗那般疲累、令人頭痛。

尤其令我煩惱的是，班上那位從大陸才來一年，長得孔武有力，嗓門奇大，國語發音非常標準的黃強。他說、寫中文的能力真是全班之冠，除了ㄅ、ㄆ、ㄇ，在大陸沒學過、搞不清楚外，待在這個程度很「平凡」的國基班裡簡直是埋沒人才。

因為「出類拔萃」，所以他也自視不凡，常常引經據典地在言語上欺負那些 ABC 同學，或和我辯論，為這個已經不夠平靜的班級，再添許多紛爭的變數。

在美國這不能打、不能罵的教育方式下，我只能殷殷告誡，他仍然不改舊習，最後只得拿出殺手鐧要他罰站，以示警戒，誰知他竟毫不在乎地在台前大作鬼臉，引人發笑，居然和我的師道尊嚴挑戰。這種「厚皮」作為，真令我為之氣結。

　　一天中午從外返家途中，一路上總覺得有人「莊老師，莊老師」地呼喊著，等到十字街口剎車時，才赫然發現黃強正坐在我旁邊的車上，不記「前嫌」地向我打招呼，猶如久別重逢的好友一般熱烈。

　　我吃了一驚，匆匆回眸一笑，就在亮起綠燈後繼續前行，而後，我發現，他就住在我家隔壁的一棟大樓裡。

　　次日上課相見，黃強熱情地和我寒暄，「老師，我們是鄰居哪！」

　　「好啊！你住在幾號？」

　　「不一定，我周日到周三住在二十號的爸爸家，周四到周末就住在對街八號的媽媽家。」

　　「什麼？你爸爸和媽媽不住一塊？」

　　「哦！他們離婚了，我有兩個家，你大概不知道吧？」

　　「兩個家？你這樣跑來跑去，不嫌麻煩嗎？不累嗎？」

　　「沒辦法！以前爸媽住在一起時，我不必搬來搬去，雖然不麻煩，可是我卻很不快樂。他們天天吵架、摔東西，有時還打架呢！打得我心驚肉跳，也好心疼。真不知怎麼辦才好。我若站在媽媽那邊，爸爸就大發雷霆，如果我護著爸爸，媽媽就傷心莫名，我夾在中間，好像三明治一般，進退兩難，他們總是埋怨我對他們不公平。那時的我，好難過啊！我才十歲，為什麼要擔負起這個仲裁的責任呢？」

　　「現在呢？你快樂嗎？」

　　「我想暫時是鬆了一口氣，快樂一些了，因為在媽媽家，我可以完全擁有她的呵護，不再擔心她氣我不主持公道了。而在爸爸那兒，我也不用再費心暗暗袒護媽媽，所以我現在很自由，覺得好輕鬆，不再有要當審判長的痛苦了。」

多麼老成的話語，卻出自年方十歲的稚齡小童口中，我內心糾起一陣陣不忍的心痛，居然對他在課堂上的種種惡劣表現，不但一筆勾銷，而且禁不住地憐憫、同情他了。

「老師，現在我爸媽都各自有了女、男朋友，為了得到爸媽的心，他們都想盡辦法討好我，不惜花了好多錢買好多昂貴的玩具給我，我現在每天玩玩具都沒有時間了。老師，你看我是不是很富有呢？」

不愧是小孩子，只要用一些些小惠就可把他的心給收買了。

可惜黃強開心的日子沒有多久，有一天他又黯然頹喪地對我說：「老師，我爸媽都要結婚了，我不知道，他們有了自己的家後，還記不記得我？我會不會因此變成沒有家的人呢？老師，我好害怕喲！」

看到黃強的眸子閃爍著恐懼不安，那乍然驟起的慌亂，更令我一掬同情之淚。想到他曾有一個與父母共同的家，可惜其中缺少愛的和諧，換成了兩個家後，雖然遺憾，可是至少還有剎那的平靜與快樂，而今這兩片短暫的寧靜海，又要激起波浪，沒入波濤的伏流中。可憐的稚子，竟然不知何處是兒家？

聽話

天空飄著細雨，黃昏時節，班上的同學，因著氣溫的驟降，都早早被父母接回家，享受天倫之樂去也，畢竟從早到晚，這些課後班的孩子們，也在學校耗了許久，的確也累了。

唯一還留在教室裡的寒涵，顯得很孤單、很落寞地坐在屋角，心神不寧地，不時向窗外眺望，終於盼到了母親身影的出現。「老師啊！真對不起，昨晚才從台灣回來，嚴重的時差，把我搞得暈頭轉向，所以來遲了。對不起，對不起，耽誤老師回家的時間。」寒涵的媽媽連聲向我道歉。

「沒問題，甭擔心！只是這會兒怎麼有閒情，選在兒子上課期間返台呢？去辦什麼大事啊！」

「的確是大事啊！我的父親得到嚴重的肝病，醫生說好好治療，好好保養，或者可以多活幾年，倘若疏忽，也許就是有限的歲月了。接到家人的電話，我沒有遲疑，買了機票就打道回府了，不管爸爸的未來有多少歲月，我都趕了回去，因為我不要日後遺憾和後悔，一路上，我一直叮嚀自己，見到父親時，要發揮耐心，不論爸爸說什麼話，管它是荒謬的或是煩瑣的，我都不准插嘴打斷或者輕忽怠慢，總要靜靜收聽，直到他把話說完為止。」

「老師，我好高興，我終於成功了，回去，雖說只有短短九天，但是我用盡一切努力，約束警告自己，『好好聽話、絕不頂嘴。』你知道嗎？我在父親流露開心和滿足的愉悅神情中，感受到無與倫比的欣慰歡喜。回想以前，爸爸每次講話時，我總是沒有耐心地打

斷他的話語，並且自以為是的把他說的話全盤否定，所以常常令老爸傷心，『你既然對我如此嫌棄，連我說的話都沒興趣聽完，那麼又何必千里迢迢地趕回來看我？』」

我也曾反問自己，父親老了，我的工作、家庭又很忙碌，每次返台，都是費盡千辛萬苦才抽出一點點的空檔，我的目的是探望老父，想略盡一些人子反哺的孝心，為什麼連聽話的功夫都吝嗇給爸爸，那麼我回去所為何來？為什麼明明是相見時難，卻又總是讓父親失望，他依閭而望經年的苦心，難道僅僅是為了見我不耐煩的嘴臉？

年來來往，我在與父親別後的時光中，屢屢聽到妹妹轉述老爸望穿秋水的癡癡等待中，一遍遍經歷我沒有「好好聽話」的刺傷，卻因為心疼我在異域奮鬥的滄桑，不忍苛責，總在一次次的失望中，又燃起下回相見時，我會「迷途知返」的信念，我終於覺悟了，在接到父親染上重病訊息的那一刻，我痛下決心，不管父親還有多少的來日，我絕不能讓自己在日後後悔，我一定要誠心誠意的陪爸爸盡情地聊上一聊，並且好好聽話，讓爸爸能夠暢所欲言，在說話的道路上永不「塞車」。

老師，雖然爸爸此時說話，已經明顯的中氣不足，停停頓頓，頗是力不從心，可是他對我的聆聽，俯首微笑的心滿意足，真是我心深處最難忘的感動，我的小小耐心，給父親的原是份多大的成全啊！老師，「好好聽話」的原則，原來這麼重要啊！還好，我的領會雖然有些晚，但慶幸還不至於太遲！

親愛的朋友！你是否常常「好好聽話」？希望這個故事給我們帶來許多啟示。

貳、感念篇

追尋

——領獎感言

啞炮餐廳 Quiet Cannon 正一片熱鬧，原來是二〇〇九年南加州中文學校優良教師的頒獎典禮，就在這個時刻，我也有幸贏得一面僑委會海外中文教育二十年資深優良教師的獎章，忝為被表揚的一位優良教師，其中感懷自是千萬。

今年夏天，於我而言，特別刻骨銘心！

八月初，因為莫拉克颱風的造訪，把我困在台南不能北上，差點趕不上返美的班機，好不容易回到洛杉磯，又看到不遠處正在燃燒的那肯雅達森林，熊熊烈火，紅光灼灼，觸目驚心，令人恐怖，「水深火熱」的滋味，這個夏天我都見識了。

水火無情，這是多麼令人感傷的悲慘事件啊！然而就在這個暑假，卻也讓我經歷無情荒地有情天的故事。

八月初，以前我在台南商職任教的學生——熱心的櫻娟，因為我的返台，特別舉辦了一場她們畢業二十五周年後的同學會，僅是短短兩天時間的聯絡，就召集了二十多人參加盛會。最難忘的是，遠從新竹趕來的昔日班長慧梅說的一席話：「老師，南商高中三年是我學習生涯的一個最美麗的驛站，因為與老師的相遇，開啟了我對文學追尋的興趣與悟得為人處世的道理。老師常說：『人生是不斷的追尋，我們終歸要擇你所愛，並且愛你所擇，並把這份執著當作是持守一輩子的信念。』也就是這些話，成為我一生奉行的座右銘。所以高職畢業後，我就一直努力追尋我的夢想，半工半讀地完成大學學業，並成立了我的工作室，而今也有了不小的事業，這一

切都歸功於老師的殷殷教導，指引了我前行的動力，您真是我的恩師啊！」。

　　她的一段話，給了我很大的激勵與溫暖，因為它讓我看到了教育的光芒。而「與老師相遇」，正是我一生教學對學生最大的盼望。

　　海外中文教育是一條艱辛而漫長的路程，我們常常要面對孩子們對中西文化差異的衝突所引發的彷徨與不解，與對中文的抗拒，如何引領他們心甘情願的走向中文學習的路上，的確費心！

　　在美國教授中文，是需要多少的毅力和耐性？才能跌跌撞撞地走了二十年仍不厭倦，很想和同行的老師朋友們分享這幾句話『……西天暝暗的殘霞，輕掩新月如鉤。別怕征途漫漫，別嘆歲月悠悠，縱使浪萍風絮不再逢，您我情深依舊。』情深依舊這是多麼令人感動的四個字啊！我相信也就是因為對中文教育的一片依舊深情，才把我們從天涯海角帶到洛杉磯這裡的中文教育園地來相會。

　　回首這二十多年的海外中文教學工作上，不免常常經歷挫折也常常灰心失望，感覺落寞。相信許多同行的老師，在過去自己所來自的國家中，必定也有過許多難忘溫馨又輝煌的教學歲月，今昔相比，想必也有不少失落的情懷，我謹以「別為了失去的朝陽哭泣，而錯過了夜晚的星空」與大家共勉，畢竟過去的閃亮時光，猶如失去的朝陽一般，雖然美麗，可惜到底已經遠去，無法回頭了，但我們不要難過，我們依然還有滿天的彩霞與燦爛星光可以追尋，只要我們努力堅持，相信必定會等到和海外莘莘學子們相會並且發光的美麗際遇，那麼此時此刻——領獎的歡喜時分，我願意和仍停留在這條辛苦耕耘的教學路上的朋友們一起互勉，且讓我們懷著信心與盼望，執手共看今晚的星空吧！

與僑務委員會副委員長任弘先生頒獎後合影

天涯常念舊時情

　　買菜返家，才剛從車庫提著大包、小包爬上樓梯，就見到女兒緊張兮兮地對我說：「媽！快回電，妳有個叫王××的小學同學，說和妳四十多年不見，她在網站上發現妳的消息，迫不及待地要和妳聯繫呢！」

　　「什麼，王阿姨也在美國啊！」我也迫不及待地撥著女兒抄寫的號碼，心想如何來段開場白，才能化解我倆幾十年未曾謀面的疏離感。

　　怎知曾經存在的稚情，根本不需經營，就自然渲洩而出，我和本芳，各自在電話彼端，哈哈兩聲大笑，就把如昔的親切帶起，彷彿不曾遠別，四十三年的歲月流失，在彼此的娓娓敘述、感慨繫之的言說中，快速連接而起。

　　雖說是國外居的際遇，各有不同，但談到美國奮鬥的艱辛，漂泊異域的滄桑，我們同樣戚戚，從他鄉到故鄉，從中年至童年，多的是話舊，論到昔日同班不識愁味的那段頗多匱乏、算是貧窮的孩提生活，更是充滿溫馨與感恩的懷念。

　　　黑板上老師的粉筆，還在拚命嘰嘰喳喳寫個不停，
　　　等待著下課，等待著放學，等待遊戲的童年。
　　　福利社裡面什麼都有，就是口袋裡沒有半毛錢，
　　　諸葛四郎和魔鬼黨，到底誰搶到那隻寶劍？

137

　　這首〈童年〉，真把我們的年幼情懷述說地淋漓盡致了。空軍子小裡的小板凳、小書桌，都是歷經歲月洗禮的資深裝備，把陳舊的老校舍，更襯托出克難的「古典」光輝，而我們在其中成長。六年的童騃時光，從一年級的害羞、二年級的漸入佳境、三年級的有些調皮、四年級的老道、五年級的囂張以及六年級的不捨離去，一步一腳印，每一段日子，都刻上我們的深深印記。

　　常常反覆咀嚼著這首歌詞裡所描繪的畫面與心情，回憶起當時有多少現實中不能滿足的失落，也唯有在學業成績的衝刺與同學情感的來往中獲得補償了。

　　「小皮球、香蕉油，滿地開花二十一、二五六、二五七、二八、二九、三十一……」那是低年級沉醉在蹦蹦跳跳的無邪歡樂。而打躲避球，奔馳在面積狹小而又黃沙滾滾的運動場上將士用命，又是另一種逐漸長大的表徵。

　　高年級了，這是日子裡最驚心動魄的一段輝煌時光，數不清的晨夕，總在披星戴月的艱苦惡補中苟延殘喘，「一切為聯考」「冬有寒風、夏有瘧蚊」「上有雞兔同籠傷神、下有竹筍肉絲候教」的精彩遭遇，真是讀它千遍也不敢忘記的悲歡歲月。

　　在那個被升學壓力壓迫地很蒼白的時刻中，忙裡偷閒、苦中作樂的唯一「釋放」，則是與同學的踢毽子比賽了。藉由每一個踢跳伸腿之間，我們才得以暫時把逼得快要喘不過氣來的緊張，驅逐出境。那個毽子還是我們自製的呢！不花什麼本錢，沒有什麼花樣，可是在我們天真的童心中，卻是無限滿足，可見小小年紀的我們是多麼體貼懂事與克難吃苦。

　　數著日子，聯考就要來到，枕戈待旦的生活即將劃上句點，而我們的寒窗苦讀，就要見真章了，這批患難與共的莘莘學子，不禁淚濕春衫，離情依依。紀念冊因此在座位中流傳著，什麼「勿忘影

中人」「登高山復有高山、出瀛海更有瀛海」「但願人長久、千里共嬋娟」，各種複製的名言佳句，管它懂不懂的，紛紛出籠。

是的！寫完這平生第一次認識的佳言後，我們這群吵吵鬧鬧又甘苦與共的摯情小兒女，就此分道揚鑣，一逕的踏上時光列車，從此人生旅途的驛站一站一站的走過，就再也不回頭了。然而「但願人長久、千里共嬋娟」這句話，也從此在記憶生根，成為放不下的夢了。

幾年前，看到一則「中華民國空軍子弟學校旅美加校友會成立，最高興的還聯繫到當年一手創辦空小的老校長——陳鴻韜先生……盼望空小人歸隊」的報導，閱畢真是內心激情澎湃奔騰，久久不能自已，我因此多次參加了空小旅美加校友聯誼會，有緣再度重唱了「神州莽莽、華青綿綿」的校歌。

天涯飄零，老友何在？本芳與我，幸能聯絡上，而其他的同學呢？歲月帶走流雲，卻帶不走人心頭的許多思念，唯願仍以這句「但願人長久、千里共嬋娟」的話語，再一次寫給那些闊別四十多年的昔日「六孝」同窗「戰友」——七十一位同學，即使相去日遠，不知相見當在何年？但在「哀樂中年」，各種聚散離合——經歷透的此時，這句祝福更是心中發自肺腑、最深切的期盼……因為畢竟是你們，將我的青梅歲月，妝點成最值得回味的一頁啊！

中華民國 99 年 11 月 10 日、21 日,台南空小馬一馬導師及師母從日本返台,

我們畢業闊別了 45 年的小學同學,難得地在台北、台南兩度重逢歡聚。

失去的流霞

　　心中一直有一首歌，是那樣幽幽邈邈的扣人心弦；不管是在寂靜深夜的思念裡，還是在昔日老友重逢的喜悅中。它總是不著痕跡的呼喚你走向時光隧道。魂牽夢繫的引你不斷反芻，反芻那種種清純無邪的童騃式的樂觀與浪漫心境。

　　黑板上老師的粉筆，還在拼命嘰嘰喳喳寫個不停，
　　等待著下課，等待著放學，等待遊戲的童年。
　　福利社裡面什麼都有，就是口袋裡沒有半毛錢，
　　諸葛四郎和魔鬼黨，到底誰搶到那隻寶劍？

　　張艾嘉的〈童年〉在錄音帶一回回的迴轉中，勾勒出我們所曾擁有的陳年故事，彷彿一張記述我們過去最透徹的投影片。

　　在那個沒有文明的電視產物相伴，沒有電動玩具享受的兒時，孩子們所持有的取之不盡，用之不竭的「元氣」，就只有靠我們這些個小小的「人腦」，費盡心思不斷出點子來打發排遣了。

　　民國四十多年的「古早」時代，住在台南空軍宿舍的眷村──水交社，我家六個兄弟姊妹，都是就讀近處的空軍子弟小學。爸爸長年駐防在外，在空小任教的媽媽，一肩挑起操持家務，教育我們的大責，微薄的收入，必然不可少的開銷，真讓她傷透腦筋。能讓我們三餐溫飽，就叫人要感謝上蒼的恩典了，更遑論娛樂。

　　為了善體「親」心，也為了平衡「身」心，我們找到了最佳的一條舒洩管道——聽廣播節目。家中那台束之高閣（唯恐我們亂用搞壞，而放置高處不易拿取之地）的古董型收音機，因而成為我們的珍寶。

　　我尤其愛聽中廣的節目：

　　「我們的家庭」，甜蜜的家庭故事，多少溫馨的親情，透過廣播無遠弗屆的威力，震撼了我們小小的心房。

　　「小說選播」，藉著播音員抑揚頓挫的音調，把男、女主角的心緒，毫不保留的詮釋，給懵懵懂懂，「不識愁滋味」的年少我們，勾起多少迷離的幻想？

　　而週日晚，丁秉燧先生主持的猜謎晚會，更是我們腦力激盪的好時光，猜中謎底的大喜與興奮，縱然沒有獎品可拿，亦給了我們好大的滿足空間。

　　而當《梁祝》一片轟動台灣時，大街小巷，收音機裡整日播放的黃梅調，從十八相送到樓台會。唱爛了的主題曲，仍是我們聽它千遍也不厭倦的最愛，只要哼起一句「遠山含笑」，哇塞！四方之民，群起而應之，那種熱烈的激情，可真不是蓋的啊！

　　最盼望週三的來到，兩週一次的晚間球場上的「露天大戲院」，必有一場電影放映，入場券大人一張八毛錢，小孩五毛錢。每當黃昏的腳步近時，就可看到左鄰右舍，拿著小板凳，三三五五，陸陸續續朝球場方向走去，早到早「坐」，以搶得有利位置的盛景，至今念來，仍是甜蜜！

　　因為阮囊羞澀，即便是區區五毛錢，我們也捨不得花，所以就只有坐在銀幕的背後，看「反面」電影。電影中的一切都是怪異的相反畫面，真是很不「好看」，而看到一半，常見微風吹來，「銀幕」

也跟著漂浮，一場電影看完，兩個鐘頭下來，常使我們的「小眼昏花」，但看在「省錢」的份上，我們仍然樂此不疲地準時報到。

雖然，春有涼風，夏有蚊蟲，秋有寒意，冬有冰冷。一年中沒有幾個看電影的好時節，可是我們依然津津樂道於那場場的「不看白不看」的免費電影。

在美國散步，常常看到各家檸檬垂掛，黃綠相間；橘子遍結，風中搖曳，蘋果鮮艷，芳香四溢。但面對如斯美景，不管是路人還是主人，就只有任憑它們在樹梢間自開自放，花自飄零「果」自落了。一切的表相也只不過被人們當作一種自然的循環，是妝點大地的景觀而已。

當年在台灣，只要那家樹上有果子，管它是龍眼、芒果、芭樂還是葡萄，總會難逃有心人的覬覦。在午睡時候，或在深夜清晨，免不了招來「樑上君子」的光顧，他們除了偷摘果子外，往往也登堂入室，順手牽羊地取走一些家當，真是令人恐怖擔憂的事件。

尤其到了年關，香腸、臘肉在院中掛起，戒慎恐懼的防賊措施，就更要積極執行了，而守著「水果」「香腸」，守著「他」的活動，常常成為愛家護家的我們，一項額外的負擔。

若干年後，聽到有些朋友大吹其當年沒花本錢的口腹之樂，在沾沾自喜於「壁上功夫」高超的背後，也不免有些對貧窮生活的無奈。

在美國，牛奶、麥片是民生必需品，既便宜又可口，而在我小時候，它們卻只是在學校每天的營養早餐中方得見之的難得之物。

一個小碟，一個小杯，在升旗典禮外出時被放在桌上，等唱完國歌，行過禮，做好體操後，踏回教室，就可發現，一粒粒發得胖胖、夾著牛油的熱饅頭，一杯杯盛著甜味麥片的牛奶，已四處飄香

地引誘我們垂涎三尺了，這是美援的「舶來」玩意，在我們發育不良的彼時，曾提供我們多少營養的滋潤，至今念來，仍是感懷不已。

　　想起了畢業紀念冊上，同學所提的「童年若可駐，何惜醉流霞」的贈言，更恍悟歲月的眼睛眨了又眨的快速無情，而對那段短暫又遙遠的逝去時光，更覺是生命中不可輕忽的最天真、癡騃、潔白的一個季節。

　　它一直是我成長足跡中最教人顧盼回眸，不忍忘卻的一段，只可惜，「花事匆匆，夢影迢迢」，它在我們一生的生命光景中，卻是有如達達的馬蹄，只是個過客而已，低迴唏噓，令人懷念。

一樣的場景

　　紫葳花在枝頭展顏綻放的五月又來了，像是奔赴年年文藝的詩情約會一般，我又來到亞凱迪亞高中。天色明朗，氣溫略嫌微涼，乍暖還寒時節，空氣中凝結許多緊張與興奮的味道。

　　十一年了，我有如候鳥揮翼飛翔，固定的在此時到達此地，這種執著，仔細思量，縱使被朋友譏笑為不可思議，我卻不以為意，一往情深，如果不是緣於一份對中文教育的熱情；一種母親對於孩子學習中華文化的殷殷期許，斷不能讓我如此不改初衷的，總在康乃馨盛開的一個周日，來赴這場初夏的比賽約定。

　　十一年前，五歲的女兒康寧怯怯膽小的走上台前，一字一句地把排練兩個月的〈我的玩具〉清晰講完，一場揪心的等待之後，讓她第一次嚐到挫敗的苦果，她哭成淚人兒的傷心模樣，是我今生最難忘的不忍。

　　搞不清是身為中文老師的我的不服輸個性，還是喜歡中文的女兒也好強的心態，從此開啟了我們母女在南加州中文學校聯合會詩詞朗誦比賽、中文演講比賽的長期奮鬥里程。

　　寫講稿的「白頭搔更短」，是份艱鉅難題！而為識字有限的她，闡釋內容並且費盡討價還價的本領，協助她逐日背好稿子的經歷，又何嘗不是一項沉重的負擔，總算磨刀霍霍在比賽當天，把穿著盛裝，打扮整齊的女兒選手送進教室，又得為出場的她擔驚受怕了，想要面對的是她信心滿滿的得意微笑，可是又難免見到伊人展不開眉頭的落寞，這其中的患得患失心情，可真是煎熬透！

　　在中文學校上了九年課，女兒也扎扎實實地參與了九次比賽，從來未曾缺席過。這其中，名落孫山四回，第一名、第二名、第三名、第四名、優勝各得一次，成績當算不錯了。令人不敢置信的是前一年她可以躊躇滿志的贏取第一名的佳績，然而隔年居然會馬失前蹄，金榜無名，這樣強烈的差距，真令人跌破眼鏡，我們的心情也跟隨上下起舞，動盪不安，就在這樣高低起伏的歲月裡，我們看到了女兒對自己逐漸長大的信心與對中文的熱愛。

　　這兩年，女兒選修了高中學校裡的中文課，才和這樣的比賽活動揮別；而我也接下了比賽那天的支援工作，擔任主持人，每回走進教室，凝視選手們志在必得的迎戰英姿，就彷彿當年女兒參賽的影帶迴旋重播一般，多少親切，依稀呈現。而面對買了觀摩券臨場加油的家長，又好像和那個充滿期待的自己相遇，往事歷歷，令人低徊。

　　一位連教四年中文的學生，第七度參賽，可說是沙場老將了，我和她的博士父母們，一起為講稿費心切磋斟酌，並且陪伴演練，分享了她越來越沉著的優異表現，奈何她鎩羽而歸，我們都難掩嗟嘆，孩子一直想要找出落選癥結，以備來年再戰，但是以我在現場觀賽的感想，發現除非特別搶眼或者明顯失常的少數選手外，其餘發揮皆在伯仲之間、難分軒輊，得名與否，似乎端賴與評審的磁場是否感應了。

　　看見女兒參賽成績的大起大落，我覺得如同預習一場人生的遭遇，畢竟人外有人，天外有天，更何況青菜蘿蔔各有所愛，我們在努力過後，實在是無法強求結果的。我欣賞這位用心的媽媽，能夠按捺住內心的失落，體貼安慰女兒的話語：「媽媽我很享受一個多月來，每晚伴你一起練習演說的過程，我們一起追逐中國文字的芬

芳，並且共同經營稿子裡的美麗情境，這是段多麼難得的歡樂時光啊！」

　　母女相親，在忙碌的生活中，因為比賽而堆砌的默契與親情，將成為一生感念的甜蜜回憶，如此觀想，比賽結果的成敗得失就不必縈於胸臆矣！

　　一樣的場景，陪賽、監賽，終究是不一樣的情懷啊！

走過夏天

今年夏天，特別美麗、難忘！

教了近幾十年的中文，第一次遭遇到這麼小的孩子，六、七歲的年齡，求學生活才剛起步，看起來還懵懂不知，卻要辛苦地與我朝夕相處九週，學那好「難」的中文，對他們來說是項不小的挑戰，對我來說，何嘗不是如此？

從台灣的國中、高職到美國的高班生，我的一段教學生命，是和青少年一起長大的。我也一直以「大姐姐」的身份自居，而今年夏天，卻要以「老媽媽」的姿態出現，倒真是份新鮮與教人惶恐的經歷。

一大早，要在校園做「新鮮」的「中國體操」，而後展開三個小時的中文傳授。從「我是中國人」開始，到學會「打電話」為止，十六課的教材，要在短短的四十幾天內完成，時間上是多麼急迫。

而正午以後，我又要像「母鴨帶小鴨」似地，率領一班三十名的同學，從校園山坡，一路行軍到公園吃「FREE」午餐，接著是一個小時的戶外帶動唱活動，而後再踩著「熱騰騰」的上坡小道，一路殘喘地奔回校園。

我和孩子們相處的時間是那般密不可分，為了顧念他們的安全問題，時間緊湊地，每天甚至連上廁所都是分秒必爭，超高速「脫水」，因為他們還小，不能片刻沒有一個大人，隨「侍」左右。

別看這批孩子他們年紀小，嗓門倒是滿大，精力更是旺盛。他們來校的最大目標，竟然只是「吃和玩」，除此之外，用不完的體力，則在課堂的不專心上發揮無遺。

他們每天嘰嘰喳喳地，好不快活！但一上起中文課來，就是意興闌珊；雖然，每天我們要固定地玩一場追逐中國文字的遊戲；但，可惜永遠是我玩得比他們有勁。他們好不容易熬過上課時間，就已感謝上帝了，更遑論要他們回家做家庭作業呢？因為誰要學校當初標榜這是個「歡樂夏令營」呢？既要快樂，當然就得完全 FREE，了無牽掛啊！

常常要為他們的醉翁之意不在酒，乃在「瀟灑玩一回」之間的求學態度而生氣，雖然我一再強調，我們是「中文學校夏令營」，有義務好好學「講和寫」中文，但，一屋子聽到的對話，幾乎都是 English 的聲音，真叫人著急哇！

急不過，火氣來了，就大聲一吼，這批大眼睛、瞪得好大的模樣，又是一副冤哉枉也的可憐神情，真叫人不忍再加苛責。他們幾乎都具有一雙迷人的頗有「保護色」般的翦翦秋水，教人非得憐惜不可啊！

而我們明明是中文學校，卻偏偏要面對孩子們「只除了中文之外，才算是個英雄才俊，智商 180 的事實」，我真的不忍心放棄他們的 IQ，也為了職責，只有努力「填鴨」，不求「得天下英才而教之」的快樂，但願「有教無類」，完成老師大業，則余願足矣！

可是往往中文一出，只見孩子們一面和同學左顧右盼，一副漫不經心，一面則很老牛拖車的「爬」字，一個「國」字，可要寫了好多遍，還不會。唉！老師情怯，我真怕放學時刻的到來，因為無所遁形於那麼多「可憐天下父母心」的關愛的眼神。

「老師，英吉說每一天上學都好快樂，好充實，所以一回家就可呼呼大睡，一覺到天亮。可是，老師啊！他到底學會了多少中文呀！」

　　親愛的孩子們哪！為什麼你們總是要叫我漏氣？「教不嚴，師之惰」，可是面對不能打，不能罵的你們，要如何才能在發揮韓愈的「傳道、授業、解惑」訓條後，能看到你們豐豐富富進步的成就呢？

　　我時常以為你們的童稚淘氣，單純地有些「癡傻」。可是那天與清麗的一席話，又令我不禁刮目相看，早熟的清麗，因為父母忙於兩家餐廳的生意，而不得不跟爺爺奶奶同住，一週也只有周末、周日，方得與父母團聚。

　　她那天談話哀怨，低沉的陳述神情，在我心中投了好深的漣漪：「老師，我爸爸好可憐噢！他做大廚師，每天要在悶熱的廚房裡忙進忙出，可是他卻常常因為想念我們，擔心我和妹妹的一切起居生活，而不能專心上班，所以切菜時就被刀切傷了，而炒菜又被油燙到了。他的手腕都是一個一個的傷疤呢！我爸爸好可憐噢」，孩子心疼爸爸，父女連心的天性自然流露，真叫人惻然心動！

　　「老師，我好想我爸爸噢！可是他卻說為了生活，不得不這樣拚命，不得不將我們放在爺爺奶奶家寄住，而無法和我們天天見面，我也好不放心我爸爸呀！」唉！我看到清麗閃爍的目光中，透露著那麼多的孺慕之情，想著自己遠在台灣的爸、媽，不禁也孩子氣地和她一樣的呢喃：「我也好想我的爸媽噢！」

　　喜歡和七歲的榮婉交談，在家是大姐，乳名小乖的她，真是善解人意，又溫順可愛，每天喜歡幫我服務，又規規矩矩把交待的課業做得完善整齊。

　　那天放學後，她去而復返，很嚴肅、認真地對我說：「老師，我媽媽看到你發表的文章，她唸給我聽，媽媽說好喜歡，好感動噢！對了！媽媽要我問老師『妳要不要留住這篇文章？』，我們可以剪給你。」

「哦！我也有報，不用麻煩你們了，謝謝啊！」

我看見她像完成了一項交待，如釋重擔一般輕快地蹦跳而去。唉！多麼貼心的孩子！

辛苦的日子，也隨著高溫的暑氣，逐漸的消失。八月底，終於要來了，一場操場的露天遊藝會，展示所學之後，夏令營就要結束了。

忙碌的預演，大會操的密集排練，和戶外的艷陽相映成輝，混熟了感情的孩子，更像出了鳥籠的自由小鳥一般，好難管束。

最後一週，要像在成功嶺一般積極操練，偏偏又沒有那麼服從的「軍隊」，我們老師們的耐力和才華，碰上仍是生龍活虎的「小將士」，真沒轍！每個都如同遭遇了極其艱難的挑戰一樣戒慎恐懼。

表演的日子，一天近似一天，高漲的疲累也一日難撐一日，就在我的耐心快要失控的時候，那個外交官的兒子、班上的噪音王子、調皮大師──蓋瑞，居然跑來牽著我的老手，狀甚親暱，我警覺性的反問道「你要幹什麼？」，他卻眼眶一紅的，用我從不認識的溫柔，感性地對我說：「老師，再見了。I will miss you！」聲色之輕婉，彷彿一針振奮劑，叫我的教育愛，再次復甦。

「聽我把春水叫寒，看我把綠葉催黃……展翅任翔雙羽燕，我這薄衣過得殘冬……春走了，夏也去，秋意濃，秋去冬來美景不再，莫教好春逝匆匆！莫教好春逝匆匆！」

我看見操場中央，稀少的表演者，正忘情凝神地唱起這首，我們已練了快發焦的歌曲，看見孩子們難得的專注態度，把這首意境幽美的「秋蟬」，詮釋得那麼生動，我心中有種想哭的衝動，為著一夏的辛勤，所看到的成果而歡欣。

「走過夏天」，走過這一季諸味雜陳的相處季節，在揚手和暑假告別的時候，我知道曾經流過的汗水也罷，淚水也好，終究不曾

白費，不管這批尚不解世事的小朋友有多少的領會，我深信，海外中文教育的種子，又播下許多，在推動這個文化搖籃的路上，我們還要繼續前行，邁向深處去。

依舊深情

那兩桶融化了的冰淇淋

　　九點了，一向準時上課的小昂，居然還不見蹤影，這是個很不尋常的現象。

　　九點半了，終於看到她氣喘吁吁的出現了，手上拎著兩桶冰淇淋，個性活潑的她，連跑帶跳還夾帶連珠炮似的話語：「老師！不能算我遲到吆，我為了今早的 party，特別趕到超市去買這個新鮮的冰淇淋，你看我多有愛心啊！」

　　「我的天！上週末，我反覆強調班級 party 是在最後一周結業典禮後舉行的，你看！把你上課不專心的秘密，輕易洩露出來了吧！」

　　小昂凝視著手上的「愛心」傻了眼地和我爭論，：「老師！妳明明說是今天舉辦的，怎麼可以隨便就改變計畫呢？天氣這麼熱，不管啦！我們現在就來享受吧！」小昂的中文程度甚佳，中國話說得更是溜，所以在課堂上總是愛跟我辯，這會兒當然抓住緊要關頭，和我奪理。

　　於是本來就非常熱鬧的數十張嘴，此起彼落地發表高見啦，難得幾位正直的乖乖牌學生，大義凜然的主持公道：「我們清清楚楚地記得，老師說過『party 在學校頒獎活動後開始』，你怎麼還好意思和老師瞎扯呢？」快放假了，孩子的心都很浮動，尤其期末考已經結束，更沒有制衡他們的空間了，那些調皮的男孩還在起哄「老師啊！化了的冰淇淋，好噁心，誰敢吃？快搶時間『動手』吧！」

「開玩笑，班上沒有湯匙、盤子，怎麼吃？更何況現在還是上課時間呢！你們就忍耐忍耐吧！」，「用手啦！手最方便了，只要吃進肚子，管他用什麼方法？」這些青春期的孩子們想盡各種奇招要我改變初衷。

這兩桶冰淇淋，因而成了我的燙手山芋，想要堅持原則，上課期間不能放任學生偷懶嬉笑和吃喝食物，可是看到小昂失望不捨的表情，我實在不忍，更何況時間分秒消失，冰淇淋融化的速度正加快運行，我的應變能力備受考驗，如何兩全其美一則保住上課時間和遵守校規，再且讓冰淇淋保持原狀，我的腦力一直在激盪。有了！請小昂去辦公室，將它們借放在美國學校的冰箱裡，然後下周再吃吧！學生們抗議：「會被美國學校老師偷吃的，太危險啦！」「果真如此，你們就認了吧！」我應著。

小昂無奈又悻悻地提起那個塑膠袋往辦公室走去，然後十多分鐘後，看到她眉開眼笑，露出勝利的姿態返回，「主任說『你真幸運，我今天才新買了許多免洗餐具，你們剛好可以派上用場。』」這一往一來，也等到下課時間了。

學生們的歡喜，在面對稠稠地一桶變了形的液狀冰淇淋時，可以想像他們不屑一顧的表情，一桶桶的等待「冰消瓦解」了，小昂對我說：「老師！我好傷心，我好想哭！那樣三色的美麗色彩，卻是無法吞下的爛泥感覺，實在太難過了。為什麼我的一番苦心，卻沒得到效果，我真的真的好 sad 啊！」

「我可以感受你的失落心情，如果你是我的話，對這個意外狀況，我相信你也會做同樣方式的處理，我想我們可以從其中學到許多道理，譬如說做一件事之前，要徹底掌握時間，才不會弄巧成拙，這時間的安排真是重要，再者；本來看似幸運的得到餐具，應該是樁美事，但是如果不是這樣，或許你的冰淇淋會在冷凍櫃中凝固，

就不會淪落成如此變調的滋味啦！由此可知許多事情的發展，並不全是想當然爾的順理成章，接受這些變數並且學到教訓，下次行事，叮嚀自己不再犯同樣的錯誤，那麼這兩桶融化了的冰淇淋在難吃之餘，或許不再那麼難以承受了吧！」

　　人生無時無處不在學習功課，我切切期盼小昂和她的同學們都能在冰淇淋的風波中獲得啟示！

心意

　　放了兩個月的暑假，我與家教的那對兄妹學生，都快快樂樂的回到我們各自的故鄉——台灣、印尼，享受假期去也。再上課時，大家像久違的家人，那般親切與新鮮。這對兄妹好興奮的，拿出一個，只剩下半桶餅乾的塑膠罐子給我，說：「媽媽囑咐我們，不要忘記把這個罐子交給老師，這是我們特別從印尼帶回來送給老師的禮物。」

　　「什麼，這是你們為我準備的禮物？」

　　我凝視這彷彿是吃剩下的半桶餅乾罐子，心中有些不悅，這叫做什麼禮物？吃不完的東西，也拿來送人，虧我還是你們的中文老師，也未免太瞧不起人了嘛？

　　孩子們似乎也讀出我臉上的狐疑，馬上補充說明：「老師，這個餅乾是印尼最暢銷的特產，我們把它平分一半，把有罐子裝的留給老師，我們想老師比較好攜帶，老師，這麼好吃的餅乾，我們一定要和您分享，相信您一定會和我們一樣的喜歡它。」

　　孩子們流露的赤子之心與期盼的眼神，是那麼單純可愛，而我竟然以成人世界的世俗眼光，「狗眼看人低」的嫌棄這份看起來寒傖，卻是孩子們千山萬水，辛苦帶來的貴重心意，實在慚愧！帶回家和家人同享時，女兒稱讚不迭，還順便「訓」了我一頓：「媽，妳不是常常說『千里鵝毛，禮輕情意重』嗎？我想這句話現在說最恰當了，對不對？唉！這麼好吃的東西，妳居然也看不上眼，也未免太注重外表了，好現實啊！」

　　我輕輕咬了一口餅乾，突然覺得好甜好香，就像孩子們的心意一般！

借鏡

　　窗外嬌陽輕照，對街的安全島上開滿了花，這是個晴朗的初夏，暑期班的上午課，就要下課了，我總會看到一對老夫婦，在落地窗外徘徊復徘徊，他們是班上學生家寶的外公、外婆，遠從近一小時車程外的城東趕來接外孫放學了。

　　下課了，我明明看到家寶從後門趕出去了，怎麼就面對老婆婆，慌慌張張的向我訴說：「老師，不得了了，我的外孫不見了。」我看到她緊張欲哭的神情，嚇得拔腿就衝出門去尋找，心裡好慌，彷彿自己的獨生女兒跑丟了一般，這種感同身受、如歷其境的刻骨感覺，實在恐怖。原來，家寶早就看到老人家了，只是貪快，一個從左門進，一個從右門出，彼此錯過，又在慌忙間轉來轉去，就變成捉迷藏了，好在危機終於解除，我可稍微鬆了一口氣啦！

　　隔兩天，家寶的媽媽來了，告訴我身為獨生女的她，又只孕育一個寶貝兒子，故而對家寶的愛實在太深了，她本想親自打理他的交通問題，卻因為工作忙，無法抽身，所以通常都仰賴老父、老母，從遠處趕來接送兒子，她殷殷拜託我多加留意招呼她的孩子，人同此心，我自是義不容辭的一口答應。

　　今天，為了討論幾個問題，晚下了一點課，只看到學生衝也似的跑到後門旁的停車場，十三、十四歲的孩子，中午時刻，也餓得、累得歸心似箭，通常家長也早都恭候在外了。所以孩子安全的穩妥，無庸置疑的。

　　我熱好便當，也疲憊不堪了，才吃了第一口飯，又遭遇和家寶外婆如出一轍反應的家寶媽媽，她重複又重複的說著：「我的兒子不見了，怎麼辦？怎麼辦？」「會不會外公接走了？」「不可能，我已經告訴他們今天不用趕來了。」「妳要不要打個電話問問他們？」「不行啦！他們會非常緊張、擔心，馬上飛奔而來呀！那就更麻煩啦！」我擱下飯盒，一刻不停地在門外烈陽下走來走去，找了許久，卻始終不見家寶影子，真是心急如焚，這次看來不是虛驚了，我也開始亂了方寸，不知如何是好。

　　猛一抬頭，一線曙光出現，我居然在遠方街頭轉角處，望到正一臉焦灼，繼續前行的這個小男孩，我開心極了，這種失而復得的喜悅，真令人欣喜若狂。母子終於「重逢」了，小男孩面對媽媽的埋怨，非但不以為忤，反而摟著、拍著媽媽的肩膀給予安慰，這畫面真令人啼笑皆非，又覺感動莫名。追究緣由，是他誤以為媽媽還遲遲沒到，也是心急，想在半路攔截她，想媽媽的心沒錯，只是彼此默契不夠，織造了許多意外的插曲！

　　鬧劇兩度出現，幸能平順收場。我很諒解家長們過度慌亂的反應，但也看到這其間隱藏的無限親情，想到女兒幾次抱怨我對她約束過多的照顧，幾乎次次都是窮擔心的無聊。她對我「不怕一萬，只怕萬一」的想像世界中的莫須有的「危機意識」，實在很感冒，認為那是阻礙她「邁向成熟」的絆腳石。

　　可是看到家寶事件，「他山之石，可以攻錯」，我再次醒悟，保護孩子的心仍是不可疏忽與休息的，除了事先的溝通約定必須清楚外，剩下的就是遇事時的鎮定了，又學了一課，現在各家的寶貝兒子、寶貝女兒的確不少，做父母的，不可掉以輕心，做老師的，又何嘗不是如此呢？

漣漪

黃昏時，我吩咐女兒說：「媽媽頭痛，不要吵我，任何來電都不要接，讓我好好休息休息！」熟知，輾轉反側還在煩惱怎麼無法入睡時，女兒哇啦哇啦大叫：「媽媽，妳以前的學生從台灣打來的電話，我不好意思掛斷，妳就接一接吧！」

是那般無奈、虛弱與為難地，我低聲開口「喂！」了一聲。意外地，對方卻是高八度的歡喜嚷著：「老師！我是櫻娟啊！我找妳找得好辛苦哇！總算是『皇天不負苦心人』，終於跟您聯絡上了。」櫻娟在電話線彼端興奮莫名的情緒，竟也感染了病懨懨的我，「什麼？櫻娟？哇！多少年沒見啦！」「是啊！畢業二十四年了，我們也整整沒見二十四年了，老師！我好高興，從網路上發現您的消息後，我就一路尋找，好在如願得償，在元宵節同學會前和您接上線了！」

花燈熱鬧的正月十五，櫻娟安排了我這一個神秘嘉賓在同學會上隔著越洋電纜現「聲」「原音」重逢，二十個參會同學和我開展了一場回首憶當年的「時空對話」，「老師！妳猜我是誰？」「哦！我猜妳是十二號的和月！」「老師！妳猜我是誰？」「哦！我想妳應該是三號的大嗓門美惠吧！」「老師！妳猜我是誰？」「哦！我覺得妳應該是二十五號的春金吧！身體強壯一些了嗎？我還記得當年畢業考前夕，妳急性腸胃炎，我騎著摩托車帶妳掛急診，看醫生的情景呢！」

「哇！老師您的記憶力超強，彷彿電腦，把過去完全存檔了，這種本領可真令人嘆為觀止呢！」我聽到吵雜的餐廳內，學生們此起彼落的讚嘆和驚訝不絕如縷，我也為自己居然毫不遲疑又精準地憑音「猜」出學生名字的特異功能感到不可思議，追根究底，和這班朝夕相處三年的同學，同心協力完成連續三年奪得學校「榮譽班」的輝煌紀錄，是一個結成「同心圓」的力量，當然用心批改學生作文與週記，彼此心心交流，更是能鑄成這番歲月不移的記憶的源頭。

將近一個鐘頭了，我在過分亢奮的高聲應答和智力測驗的猜「名」遊戲下，不禁有些體力不支，適巧昔日班長的最後一棒上陣了：「老師！我時常想起妳在我們畢業旅行時唱的那首歌〈想你〉──『我是多麼想妳，妳可不要忘記』，這真是這麼多年來我們同學們對您想念的心情寫照，老師低沉磁性的嗓音歌喉，一直是我們『不要忘記，不想忘記』的美麗印記，請妳不要忘記任何時間回到台灣時，都一定要和我們聯繫，讓我們再續前緣。再見，保重了！」

掛斷電話，心中悸動起伏的心緒，好不平靜，我突然念起歐陽修〈生查子〉的「今年元夜時，月與燈依舊，不見去年人，淚濕春衫袖」。本來有些感傷，可是念起這分別的二十四年，原不算是一個短短數目，我和學生在失聯八千多個日子後，居然依舊能夠親暱如昨，依然笑談歲月靜好，今昔時空雖易，但是彼此卻沒有隔閡，彷彿依稀課堂相見，人在天涯，卻不是天涯⋯⋯心頭不禁頗受激勵，這份蕩漾的漣漪遂化作盈盈的歡喜與安慰，覺得好溫暖好溫暖，畢竟距離只是想像，愛能夠漂過海洋啊⋯⋯

昔日作者和國立台南商職導師班學生的合影

夢廻鳳凰城

我問剛從台南返回洛杉磯的翔飛：「君自故鄉來，當知故鄉事，來日綺窗前，鳳凰著花未？」

誰知他卻意興闌珊的告訴我：「此番返台，除了大快朵頤嚐盡了土芒果、荔枝、釋迦的香醇之外，其餘不可稱道。尤其是那揮汗如雨、濕熱難當的天氣，更是叫人難以消受，所以那有閒情去問鳳凰開花未？只知道台南今非昔比，到處車水馬龍，難見到清幽小徑，更遑論何處覓鳳凰花呢？」

他的回答，真令我黯然心酸，我夢中的鳳凰樹別來無恙否，心頭真是念念。

提起鳳凰木，就會勾起許多往日情懷，記憶中它總是那般精力充沛地昂首嘯盛夏，喜歡看到府城路邊兩排排站立英挺的綠蔭，拱出一行行蔽人的街道，而一叢叢花勝驕陽的艷紅，更在夏日展現萬種風情的美麗，配合著乍起乍落的蟬鳴，因而樹立南台灣特有的風格，它坦然迎向火傘高漲的夏日傲然神色，更透露出無限苩壯的生命力。

孩提時節，我家院中的那棵鳳凰樹，不只為我們擋掉夏天最炎酷的暑氣，同時也提供我們許多標本的素材，一朵朵採自鳳凰花，做成的栩栩如生的標本蝴蝶，塞滿了本本書籍，一片片的花瓣，串連成了髮際、頸間的花環，光著腳丫的孩子，正興致勃勃的玩著新娘、新郎的「家家酒」遊戲，以鳳凰樹的扇狀葉為婚紗，用紅花做項鍊，喜氣洋洋的走入洞房。

在孩提貧窮、沒有電視、電動玩具可以享受的童年中，鳳凰花它裝飾了我們單調的時光，即使是那種玩它千遍也不厭倦的「無聊」節目，沒想到也給了我們一把艷麗如夢幻，同時也留給了我們許多歡笑的回憶。

我喜歡鳳凰花，然而這樣美麗的花樹，竟也會抹上哀傷的顏色，這還是在經歷生命歲月中的第一個畢業季節，開始領會的。

還記得當時台南空小借用空軍新生社放映的惜別電影——櫻花戀，悲悲淒淒的情節，映著窗外的梅雨，加上一路叫嘯不停的蟬聲，落英繽紛的殘景中，正有一批天真、浪漫不識離愁為何物、一無心機的小兒女們，就要「驪歌初動，離情依依」了，淒淒切切的音符，帶著我們和屋外的驟雨同哭，我們方始了悟原來青梅竹馬，「絕交」過許多回的男、女同學，在分手時刻來臨時，才知道彼此之間情有多深，意有多濃呢！但縱有千般不捨，畢竟擋不住分別的腳步。

窗外的雨還在滴滴滴落，和著淚珠點點流下，而鳳凰花也片片飄落，枝頭已無顏色，這是一個難忘的六月……

然後成長中，我們又斷斷續續的經歷幾次畢業典禮，再來為人師的教學生涯，送往迎新的交替中，一批批的青青子衿，眼見他進校園，又目送他出校門，看到了他們長大又成熟，就在一次次的六月離別中，流光輕逝，而我們也漸漸老去，在為自己，為學生灑下了不捨淚水中，我終於慢慢了悟人生的聚散離合是恁地無情又平常，一如枝頭微笑的鳳凰花，年年要開，盛了要衰，而後衰極又必興，年年要來，年年要去，是那麼自然與必然，無由推諉，只是一個循環罷了，明白這樣的道理以後，那麼對待生命中的一切得失，還有什麼看不透的呢？即使看不透，又能如何？花還是一樣要開，一樣要謝的。不是嗎？

　　每年六月，是我最想念的季節，總要不經意的想起這個季節的容顏，難忘那片片的紅肥綠瘦，鳳凰花正以雷霆萬鈞之勢，誇張地燃燒起她一年一度的「春日」，其艷如火，且不斷地擴大，擴大她那驚心刺人的火圈，一種不捨，濃烈似網，罩得人逃脫不了的光景，而就在此時，我和我的童年、我的學生、我的家人和我的故鄉揮別，因此走入一逕的別離……

　　來美多少年了，也錯過了她多少度的花開？即便是如此，我依然不能忘懷她那燦爛搖曳的風姿，我依然沒有撇下對鳳凰花的偏愛，依然感謝她曾給了我一個多彩多姿又難忘的孩提歲月，和許許多多「別時容易見時難」的激情，雖然她總是要扮演著離別的催化劑，總是要吹奏出斷腸的笙歌。

記得與被記得

相逢一識是前緣，
風雨散各飄零何處。

一直就喜歡東坡詞的這兩句話，想像著人與人之間的聚散離合，所有的相識和離別，原來都是早已宿定，是我們無法操持，亦無法推諉的一份世間最珍貴的緣份。

因此我一直看重與他人相處時的每一次遇合，唯恐稍有疏失，錯過這場得來不易的相識，以後就再無機會重敘前緣了。

三月裡，在回覆一個畢業十多年學生——美香的信中，隨手附上一筆：去年五月，李登輝總統來美訪問時，在隨機空服人員的名單中，我看到一個叫美鈴的熟悉名字，我想這一定是妳那很有才華的大妹吧？

信寄出才十天，沒想到就收到美香的回音，充滿了歡喜味道說：「老師，美鈴知道您還認識她，興奮地不得了，頻說老師的記憶力真好，更要謝謝老師過去對她的教誨。」

閱畢信，我心中也泛起許多溫馨快樂的暖流，往事歷歷，一一浮現眼前，雖是遙遠的故事，卻是那般清晰呈現。嚴格的說，美鈴與我並無直接的師生關係，但是我與其姐有一段頗深的感情，「愛屋及烏」，校園相遇，自是別有一番親切。

想當初，我與美香初次在課室碰面，對她的清秀面孔及很快的領悟力，留下了深刻的印象。爾後面對她的作文作業，又更加深印

171

象，因為她雖有一枝生花妙筆，但卻從來不曾準時繳交作業。這對我這個為師的，的確是項困擾。為了公平起見，我必須對她的這個毛病處罰，以示警誡。但是看了她的作文，用心之深，文筆之佳，又讓你不得不對她另眼相看，而下不了手處分。

為了解決這個難題，一天放學後，我約了她在校園一敘。我們邊走邊談，我殷殷切切，她誠誠懇懇，大家許下遵守學校校規的約定。但是奈何約定是約定，她依然故我，照樣作業遲交。

這樣的表現，不僅令我有些失望，甚且感到老師的尊嚴被藐視的憤怒，可是教室中面對她一臉專注，求知若渴的神情，又讓你不得不猜想這背後的隱情。很怕自己一個不留神的校規申誡，給她留下抹煞不去的污點。

我私下又和她的導師林老師商討她的狀況。沒想到，她和我的處境一樣，因為美香的週記也幾乎不曾準時交過，想要給她處罰，又念在她的週記是寫得那般詳細與認真，而且她的功課是那般好，又是一個那般有禮、體貼的孩子，我們怎忍把她交給校方處置呢？

既然無意把這燙手山芋丟出去，於是我只有再付出更多的愛心與觀察了。漸漸的，我從她密密麻麻、傾心吐意的細膩文思中，一點一點的看出許多端倪。原來她生在一個兒女眾多的家庭中，從事農業耕種的父母，在子女的教育問題上，實在力有不逮，善體親心又力爭上游的美香，即使選擇了易於就業的商職，可是又念念不忘繼續升大學的夢。

在這樣衝突的狀況中，她仍要擔負著許多家務事，好使辛苦的雙親，在形體的勞累中，換得喘氣的機會。

在奔波往返的通學生涯中，在高三畢業班繁重的課業裡，她超載了比同年朋友更多的煩惱與憂心，成長的苦澀、蒼白，她只有在重重困難的挑戰下，默默的咬緊牙根，艱辛地負荷著。

　　因為不忍青春留白，因為不願苟且敷衍，在有限的時間裡，她依然盡力的讀書作業，而遲交作業變成最痛苦又無奈的選擇，雖然她是一個尋求完美的人。

　　心疼她的不尋常遭遇，又愛惜她力爭上游的堅毅，於是我對她有一份特殊的偏愛，而作文簿便成了我們的橋梁。多少次看她千言心曲，一遍遍訴說成長不易的故事，蠶要破繭需要多少毅力的掙扎？

　　我一次次感同身受的，亦是千言萬語的寫盡各種鼓勵，我不吝嗇付出我可貴的忙碌時間，給她種種我最真摯的忠告，只期望在她跋涉為難的旅途中，獲得許多前進衝刺的力量。

　　美香終於以優異的成績畢業了，並且考上專科夜間部，半工半讀，家境與學業因而得兼。我們這對師生的情感又往前一步，無話不談，這種亦師亦友的關係，成了我們彼此之間最珍貴的情誼，更是教學生涯中一場可貴的經歷。再來是美鉸的入校，校園相見，幾度寒暄，亦是一番情感。

　　而後是美香的結婚，她嫁了一個很有成就並且喜歡文藝的先生，而後是我結婚與出國，再來是她生女，我得女，我們魚雁往返不輟，雖然韶光易逝，彼此分別十多年，情感卻未曾疏離。

　　這些年，她先生的事業更是宏圖大展，她終於突破了為錢煩憂的苦澀尷尬，可是她卻不以此躊躇滿志，行有餘力，常常從事公益活動，她信上說「走過貧窮，才更能體會錢之真意，所以我不要為錢所役，我要做錢的主人，好好用錢，務求每一分的花費，都得到最大的功效。」

　　我來美十年，人情冷暖，一一經歷，故而多了許多寫作題材，我因而斷斷續續在許多報章雜誌發表作品，巧的是美香夫婦，亦在報上發表文章，師生成為文友，「得天下英才而教之，人生至樂也。」更何況我們還志同道合呢！

　　美鉉為了被人記得而興奮莫名，事實上，教學二十多年，於我而言，念茲在茲的，總是對學生無數的牽掛，記得他們的點滴成長，也一直是我心頭的最樂；也因此被學生的時常記起，亦成為我的安慰。仔細說來，人的一生，所有的快樂與安慰，又何嘗不都是由一切記得與被記得的因緣凝聚而起的？

　　我因而想起席慕蓉的兩首新詩：

　　不再相見　並不等於分離　不再通音訊　也並不一定等於
　　忘記；不是所有的夢　都來得及實現　不是所有的話　都來
　　得及告訴你。

　　疚恨總要深植在離別後的心中　儘管他們說　世間種種最
　　後終必成空⋯⋯

　　在年來年往，終必成空的世間種種裡，我是多麼期望我們都能給周遭的朋友，多一些些的諒解與多一點點的成全，希望在我們長長的一生中，能體會出更多的記得的快樂與被記得的安慰。

粉紅色的夢魘

粉紅色一直是女兒的最愛，她從小就是白皙滑嫩的臉蛋，配上任何粉粉潤紅顏色的衣飾，總是給人粉妝玉琢、清秀亮麗的感覺。因此，買東西時，只要是沾上粉紅色邊的，毫無疑問的，就成為我們的首選。

粉紅色，在我們一家人的眼中，從來就是美好精緻的表徵，這種始終如一的認知，好像沒什麼道理，卻又是毋庸置疑的道理，根深蒂固地在我們心中生根。

前天放學時候，同事胡老師對我說：「後天星期五，別忘了穿件粉紅色衣服來教課吧！」

「為什麼？」

「因為加州政府財務赤字嚴重，州政府負債累累，我們租賃學校的校區將要裁掉四十八名教師，星期五就會發出『Pink Slip』的正式通知，告訴那些老師，下學年不用再來學校授課了。所以學校為了支持這些不被續聘的老師，給他們一些精神安慰，大家一起穿上粉紅色的衣服來鼓舞。」

週四晚上，我翻箱倒櫃，正在找尋這樣顏色的衣物時，女兒也同時在準備她的粉紅色衣服，我才知道原來整個加州，居然要裁掉八千多名教師的名額，她們的學校也同樣響應這項「粉紅色支持」的活動，哇！怎會有這麼多的人數？這個裁員動作不可謂不大矣！

經濟蕭條，金融危機，風聲鶴唳，草木皆兵，這真是好一陣子，大家談話擔憂的主題，民生凋敝，本來人人心裡有數，好像突然之

175

間大家學會了節約能源,減少消費,可是萬萬沒想到,這把大事削減利刃,竟然也殺到校園來了,唉!教育為百年大計,老師銳減,必定影響教育品質,這下子可怎麼好呢?

這個十三日星期五,合該真是個「黑色星期五」,下午踏進校園教中文課時,正迎上美國學校的放學時刻,觸目所及,粉紅色的花海在操場穿梭,滿目嫣然,本來應該是美麗壯觀的景色的,只是是心理作用嗎?一向清淡怡人的幽雅聯想,突然從我心中流失,代之而起的是一股刺眼厭惡的感覺,唉!色彩何罪,偏偏她沾滿了「失業」的訊息。

這場粉紅色的夢魘,原是多麼無奈,但願早日被春風吹散!

邁向卓越

我說蓋世，你說英雄，蓋世英雄到來，世界是舞台，讓全世界的華人，都能唱出大家的心聲。

我終於坐在賭城王力宏的演唱會上了，會場一片燦爛，寫著蓋世英雄的布旗掛滿舞台，密密的人潮，不斷湧進，我好興奮，我的偶像就要出現了。

如果世界太危險，只有音樂最安全，帶著我進夢裡，讓歌詞都實現。無論是開心還是難過，我的愛一直不變，所有美好回憶，紀錄在裡面，讓感動一輩子都記得……

是的，讓感動一輩子都記得，我也跟著觀眾哼起我們的歌，並發出「王力宏，我愛你」的尖叫。舞台上的燈光千變萬化，力宏的歌曲也不停的在轉變，我可以改變世界，改變自己，我要一直努力、努力，永不放棄。

力宏彈奏鋼琴，拉著提琴，一面唱著改變自己，又穿起中式服裝，拉動二胡，深情地唱起在梅邊，並道出，湯大師帶我們回去，那充滿愛的牡丹亭。十八歲才學中文的他，在舞台穿梭，這一刻，他好中國，他用中外樂器、編織出東西不同風味的歌聲，令台下的兩萬粉絲，掌聲不斷。

他低低唱著因拍《色戒》而寫成的〈落葉歸根〉，每次看表演都會睡覺，平日總抱怨我花太多錢買 CD 的老媽，突然握緊我的手說：「這首歌實在太棒了，回家後，把妳的 CD 借我聽聽，好嗎？」我好高興，媽媽終於聽懂我的歌了。

演唱會要結束了，他的臉上佈滿晶瑩的汗珠，媽媽說：「台上一分鐘，台下十年功。」我看到他在台前的閃亮光芒，相信他在台後必定付出更多的血汗。

我也好喜歡唱中文歌，我希望效法王力宏追求卓越的精神，有一天能像楊丞琳一樣，成為可愛教主，讓全世界的人，都能聽到我的歌。

這是為女兒參加南加州中文演講比賽，量身打造的演講稿，花了我十幾個小時才琢磨完工的，誰知這小妮子非但沒有感念我這「作家媽媽」「白頭搔更短」的辛苦，反而得了便宜還賣乖地說：「老媽，寫完這篇演講稿，妳終於認識我的王力宏了吧！妳明白我為什麼要買原版 CD 的道理吧！因為值得，他比妳的偶像劉文正棒多了吧！」

她連珠炮般地用三個「吧」字，把三個尖銳的問題問出，一時之間，還真讓我詞窮無法答辯呢！

去年暑假，我們才踏進台灣的大姐家門，她就馬不停蹄的要到坊間大肆採購「王偶像」的專輯，我這「孝女老媽」，撐著暈天暗地的時差痛苦，被姐姐、女兒挾持，開始我們的採購大業。到了商店，女兒馬上發現她的獵物，我的天，各個高價，女兒眼都沒眨，就全數買下，我為她的闊綽手筆，頗為心疼。她倒聰明，很會隨機應變，一把抓了幾張我的最愛——「劉文正」，想把我安撫收買，我看了看價錢，想當然的，心又痛了幾下，幸好眼尖，瞧見隔壁的

木框架裡，有好多台幣百元一片的「劉文正」，我這「百元俱樂部」的當然會員，自是如獲至寶的歡喜買下。

女兒搖搖頭，嘆息說：「媽！當妳的偶像真可憐，竟然不肯用原版來支持他，難怪他沒法像力宏那樣紅呢！」「傻孩子，妳懂什麼？藝術是不能以價格論的。況且他輝煌的時候，妳還沒出生呢！」我疾言厲色的為自己的節約矯情強辯著。

值得高價的「力宏魅力」，我在電視台的頻頻播放〈你是我心內的一首歌〉時，發現一些端倪，但直到去年底，赴賭城欣賞王力宏的演唱會後，才算全然體會。

「王粉絲」回家後，更是殷勤上網，查詢到他從中學開始，每年都在學校的音樂劇中演出，累積對音樂的興趣和舞台的經驗，造就了他成為國際巨星；並以音樂給年輕人的生命帶來感動和啟發的卓越因緣，對他用心血一路灌溉而來的成就，更是敬佩崇拜不已。

現在王力宏的歌聲每天陪伴著我，從〈在那遙遠的地方〉到〈One World, One Dream〉，我一遍遍聆聽著，一次次感應這個年輕人透過音樂，把東西樂聲結合的可貴與可愛，想到今天他成為馬總統就職慶祝表演及奧運會主題歌演唱的首選，如此成就，實非偶然，我終於認可女兒想都不想，就鎖定他成為「邁向卓越」的「最佳」主角的理由了。

看焰火滿天

　　五月，當國殤節日一到，就為炎炎夏日拉開了序幕，許多人家庭院的 BBQ 盛會相繼而起，肉香飄飄，總會在陽光燦爛的季節裡，隨風而至，歡笑嬉鬧的氣氛，處處可聞，這是初夏的風景。

　　在氣溫逐漸高漲的時光裡，最教人翹首引領的嘉慶日子，就非美國國慶莫屬了，而其中最最令人等待的則又屬夜晚時分在高空中漸次燃燒發光的亮麗焰火了。

　　女兒小時，因為怕在萬頭攢動的人群中看管不易，先生不願冒著走丟寶貝女兒的危險，絕對不出門湊熱鬧，所以頭幾年，我們都是養在深閨，頂多在社區的網球場轉轉，看鄰家小童玩玩沖天炮，跟著哇哇幾聲起哄而已，從不曾見識公園裡歡度國慶的精彩場面。

　　十年前，我的同學從城外趕來住家附近的公園參加慶祝活動，聽說了我們保護女兒的小心翼翼，不免訝異，於是信誓旦旦和我一起負擔女兒平安來去的照顧責任，她抱著毛毯、枕頭、飲食點心的裝備和興致沖沖的熱情，感動了我，因此才開啟了我們一家年年守候在公園現場觀賞焰火的經歷。

　　乖乖隆的咚，才下午四點，巴恩斯公園已是人山人海，表演台上又唱又跳，樂團的音樂價響，操場上或站、或坐、或躺著密密麻麻的人群之外，還有一波又一波絡繹不絕的更多民眾，把公園擠得水泄不通，一片薄海歡騰的壯觀情景，真真令人不可思議，而各種熱的、冷的食物攤位，更充滿在各個角落，不消說排隊等候的又是條條長龍，盛況可真是叫人歎為觀止啊！

　　黃昏時候，好不容易看到夕陽下山，公園四周亮起彷如白晝的路燈；夜，依然明亮，扶老攜幼，拿著板凳席子的人群，還在湧進，喧嘩中倒數讀秒的聲音更是明亮，終於「啪」的一聲，路燈熄了，一片黑暗中夾雜激動的口哨呼叫，原來是九點鐘終於到了，盼望多時的煙花總算要綻放啦！

　　夜幕降臨，小台北的上空出現了第一炮七彩的焰火，何消說自是迎來全場的掌聲高鳴，此後一陣接著一陣的驚呼未曾稍歇，看漫天焰火在高空發出絢爛的美麗，不絕於耳的尖叫聲，不絕於眼的驚人豔，紮紮實實地把整場觀眾的歡騰心情，帶到沸騰的高點，烘托出一片祥和富足的氣氛，那一刻真是叫人沉醉。

　　這幾年經濟不景氣的鬱卒，令世人苦悶非常，原以為在國慶夜晚施放的焰火活動會取消，哪知我們依然看到沒有縮水的五彩繽紛和千變萬化的迷人焰火，一時之間，好久以來的憂愁彷彿遁走了許多，明天會更好的信心再度燃起。

　　半個鐘頭的天邊耀眼，短暫輕逝，畢竟要曲終人散了，我隨著擁擠人潮，緩緩離去，大地復歸平靜了，想著前一刻的繁華勝景，倏忽消失無覓處，心頭一陣失落，凡美麗的終究會溜走，不禁掀起淡淡的傷感，但是轉念一想，璀璨焰火便縱是今夜不見了，但我們還有明年的可以期待，或許明年全球的經濟復甦了，我們還可能觀賞到更多不可逆料的奇景呢！有夢最美，抱此念想，不免心頭微笑，仰望遠方眨眼的星子，我和一空晶瑩的月色許下來年焰火時節再見的約會。

選擇題

八年級的女兒說：「我最喜歡做選擇題了，因為不會做的可以猜，答案碰運氣，沒有選擇的選擇，其實也是一個很好的選擇。」

「這是什麼話，總是要多思考，正確的答案就一定會出來了。」做事一向中規中矩，從來就討厭投機取巧的我，立刻對女兒曉以大義。

女兒不服：「算了吧！越想越糊塗，像每次坐妳的車一樣，既然不會看地圖，還要左分析、右研究的，結果總是白繞圈子，有去難回，浪費我好多時間，其實閉著眼睛亂開，搞不好，還不會迷路呢！」

咦！這個「少年人」的年輕思想，雖說是歪理，但怎麼聽起來好像還有些道理呢！

前些天，總在世界各地雲遊的云嵐終於返美了，少不了的我們又要大吃大喝一頓，然後再聽她細訴新鮮的所見所聞，幾十年的故舊老友，在一起，海闊天空，總是快樂，雖然她是大富婆一個，但我們的歡聚卻從來沒有距離。

每次遇見云嵐，我內心總有一些很特殊的情愫會發酵，總是慶幸她好在當年沒聽我這狗頭軍師的餿主意，否則錯過這場美麗的姻緣，罪莫大焉，我將終身愧疚。

想當初，云嵐和相戀四年的同學男友，愛得死去活來，卻偏偏不受男友的寡母同意，一則省籍之故，再者云嵐的家境富裕，男友

的媽媽認為孤兒寡母，一向窮裡來苦裡去，兒子是無法擔待云嵐的千金嬌貴，與其日後痛苦怨尤，何不早做了斷！

他在當兵前夕，終於提出分手的悲傷抉擇，云嵐當然無法接受，我這「問世間情為何物、直教人生死相許」的瓊瑤幫，自是為她搖旗吶喊，在一旁大力鼓吹「擇愛固執」的堅持。云嵐徘徊在進與退的兩難中獨自憔悴，男友雖亦是肝腸寸斷，但到底不忍拂逆為他守了一輩子寡的老母，又何嘗不是「莫、莫、莫」呢！

某天，云嵐對我說：「我已想通了，決定不再執著、掙扎，什麼都不想，就隨緣吧！這樣的我才能活下去。」

而後她接受命運（其實是老父的百般苦勸）安排，嫁給了現在的先生，怎麼也沒想到，婚後半年，她的娘家生意失敗破產，她先前認為將從此「平凡夫妻」，不再有驚天動地的愛了。殊不知，卻一回回感受先生的關懷與包容，接納與支援，不僅愛屋而且及屋，對她的娘家不曾埋怨的傾力襄助，她心中的感激與感動與日俱增，隨著先生的事業越發興隆，云嵐「少奶奶」的好命，更讓她的婚姻洋溢著富足，而她的男友最終娶了個寡母所讚賞的女孩，卻一直在為生活打拚，過得很辛苦！

談到過去的戀情，云嵐說「以前愛得水深火熱，總想天長地久，但不屬於妳的畢竟難求，也終究雲淡風輕了，我現在非常滿足，交叉路口的無奈，的確徬徨，但既然不知何去何從，真的只有放下，什麼都不做的順勢而行了，這也是沒有辦法的辦法，感謝還因此握住了幸福！」

我想「將自己放空」，「沒有選擇的選擇」，莫非說的就是這番光景，或者即是走出十字路口迷茫的絕妙智慧吧！哇！十四歲的女兒看來還真參透人生哲學呢！我得對她得刮目相看啦！

青春不老

　　早早就買了典藏校園民歌演唱會的門票,深恐錯過此次和往事乾杯的機會,所以昨日下午兩點半,就迫不及待地提前趕到 PCC 禮堂,奔赴這場難得的音樂饗宴了。

　　你像春天的陽光　照亮在我的心房　你像春天的和風
　　輕吹過我的臉龐;

　　你是我生命的陽光　充滿在我的心房　你是我生命的和風
　　輕撫過我的臉龐……

　　木吉他合唱團青春燦爛的〈生命的陽光〉,在低暗輕柔的燈光中,開始點亮回憶的序幕,幾位「老」將穿著簡單的休閒衣服,配著一條牛仔褲,不需裝點經營,就輕輕鬆鬆地帶我們駛向美麗的年輕歲月。四位男主角忘我又投入的,盡情發揮那些當年馳騁青春少年心懷的樂章,牽引著滿場數千觀眾的共鳴,帶動大家齊聲歡唱,那一刻,我好像走在二十歲的青春街道,花正盛開,日子正跳躍,彷彿不曾長大,心情蕩漾,連〈散場電影〉也不再苦澀了。

　　團長自嘲戲謔地介紹了:「我們是一群打不死的蟑螂,經過長長歲月的洗禮,依然奮起,實在是因為年初聽到作曲家馬兆駿走了的惡訊,在他的喪禮上,使我們強烈感受到生命無常的道理,驚覺不能再渾沌度日,蹉跎歲月了,所以我們當下決定把樂團重組起

185

來，好好練歌，讓音樂留下，為時代做見證。」咦！那不是張學友〈吻別〉唱片的製作人黃慶元──我的乾弟嗎？

哇！原本已經被典藏校園民歌激起的澎湃熱情，更是沸騰。二十五年未見，他的才華仍舊耀眼，我彷彿又看到那個抱著吉他，鎮日辛苦吟唱、努力練歌做詞的可愛小男孩呈現眼前，心喜時光的魔術師可真幫他「築夢」圓美了。我為他驕傲之餘，再一次體會「成功不是偶然」的真理！

邰肇玫的〈如果〉，純情如昔，她的〈奔放、奔放〉也依舊響亮，在偌大的禮堂中串起合音，迴腸盪氣，彌漫整場，可是誰又知曉「如果」在比賽中幾回被否決，而〈奔放、奔放〉竟經過十三次新聞局的退件呢？更諷刺的是後來〈奔放、奔放〉一曲，居然又得到新聞局頒發特優作品的獎勵，名目是「激勵人心」，唉！創作之路的跌宕艱辛，背後的甘苦，幾人能知？

楊耀東的〈凡人歌〉，寶刀未老，他說自從妻子愛蓮走後，他憂鬱難解，可是聽到觀眾如雷的掌聲，才驚覺原來自己並不孤單，音樂之可貴，不僅感動人心，更是橋樑，溝通人們心靈的力量，由此可知。

楊耀東的幽默更是驚人，他說：「來賭城遊樂的朋友，別忘了來我家餐館吃碗牛肉麵，嚐嚐楊媽媽親身做的拿手水餃，保證必『發』。」又詼諧地加段俏皮話，說什麼「老婆是家，情人是花；薪水給家，獎金送花；病了回家，好了看花，離不開家，忘不了花，記得回家，但別忘了要澆花。」更逗來滿堂喝彩。

師大學弟施孝榮的〈歸人沙城〉，整首歌三分鐘，其中「啦！啦！啦！啦！」就去掉了兩分鐘，他現場請人為這首歌名翻譯：天才！竟有人譯成「Turtle Man」，又惹來一片大笑，這是個多麼融合的藝文聚會？而〈俠客〉一出，整場群情昂然，義氣貫穿，一呼四

應，和聲嘹亮，在去國幾萬里的遙遠洛杉磯，在民歌流行已成三十年前的陳年故事，卻仍然有人流露癡情的依戀畫面，這鏡頭真正是感人肺腑啊！

王夢麟因故無法前來，實在遺憾！可是他的連線笑話，稍慰失落，也因此多了些點唱時刻，但見樓上樓下，熱情匯流，從〈雨中即景〉、〈龍的傳人〉、〈留一盞燈〉，到〈讓我們看雲去〉，還有樓上一票，始終呼喊，點唱未果的〈那一盆火〉，這盆追尋校園民歌的熱切之火，原來是一直在燃燒，始終不曾澆滅，我看到這份執著流竄在廣大的 PCC 禮堂焚燒，想到記憶的行囊中，還遺留有這麼多、這麼深的青春音韻，曾經承載過的歡樂，倏地被引爆的那麼多情愫，好不得意！

突然覺得即使歲月無憑，帶走時光，但我們還能持住如此深情，留住這麼多的記憶，這樣的青春何曾老去？今後，歲歲年年，不管何時，當校園民歌再度這樣唱起，相信我們還會擁抱如此深情，直到永永遠遠……

作者與木吉他合唱團合影

頭痛時間

剛考完大考回家的女兒，興沖沖的打開冰箱，對著我說：「媽媽，妳昨天買的那種新口味的冰淇淋真好吃，終於考過試了，這下子，我可放鬆心情，好好享受吃的樂趣啦！」

「媽呀！怎麼冰淇淋都化成水啦！」

還沉迷在加添部落格資料中的我，被她的驚叫聲嚇得頭皮發麻，不禁發出比她還淒厲的吼聲「妳可別亂嚇我呀！這台冰箱芳齡才僅四歲，怎麼可能病重如此？竟然把冰淇淋都融化了？」

女兒看到我的緊張神情，想想老媽也怪可憐的，昨晚下課回家，辛辛苦苦地抱了一大堆食物上樓，冰淇淋還忙得沒空品嚐，就發生「冰」變，所以不忍心再製造「危機意識」了，她因此換成一副灑脫姿態安慰我：「媽媽，別慌，等爸爸回來修理，爸爸最會治病了，上次電視機壞了，不是他左敲右打，把它給敲好的？」

忙著去教課，我只有無奈地拾起焦慮，趕赴學校，一路上，滿腦子都是疑問和懊惱，為什麼這個短命冰箱會落在我家？晚上開完校務會議返家，心中還懷抱著一絲幻想，「搞不好，先生已經歪打正著地，把中暑的冰箱治癒了，我實在不必太杞人憂天吧！」想著想著，中午時分的千斤擔憂，忽地一掃而光。

可惜，幻想永遠只是幻想，推開家門，瞧見先生那張撲克臉，就知情況不妙。

　　「莊女士，妳又暗殺一台冰箱了，妳用妳的寬大愛心，餵『爆』了貴府的冷凍櫃，它已不堪負荷，壽終正寢了，妳就請另謀良『能』吧！」

　　先生的冷嘲熱諷，著實教人消化不良，但是「塞爆」冰箱的元兇是我，又實在令本人無顏愧對家庭主夫，只得「無言」面對殘局。環顧壁鐘，夜已深沉，何處覓商店？眼見冰箱中滿坑滿谷即將變色的食物，一開門，裡頭「居民」，爭先恐後想逃出來的慘景，我真是欲哭無淚，仰天長嘯！

　　又要破財消災了，這個頭痛之外，目睹冰箱中的「故舊老友」，欲捨還留的矛盾情結，才真是最難將息之事呢！

　　果不其然，電器行的營業員對我這個四口之家，在短短四年之間，就報銷一台名牌冰箱的功夫，頗是嘆為觀止，當然我這個平日「『買』不擇食」，以致使它沒有呼吸空間、有氣難伸，終至暴斃而亡的「謀害」罪行，也是無可推諉的。

　　買冰箱，只要付錢，就輕而易舉的解決了難題，但是清理舊機的大業，可真是折磨人啊！一袋袋還沒開封的冷凍水餃、一包包魚丸、粽子，起初還聚散兩依依，想要再留住一些芳華的，但是整到最後，手軟腳麻，疲憊不堪，居然連眼睛都不眨的，就拚命往垃圾桶丟去，更離譜的是竟赫然發現有塊陳年的中國火腿，胖胖的，靜靜的，躺在冰箱的最深處，正哀怨地瞪著我，天哪！莫非這就是所謂「打入冷宮」的真實寫照？

　　新、舊冰箱在阿米哥墨裔工人，一番辛苦的推拉之下，好不容易進、出我家，昔它來時，楊柳青青，今它往矣，夏雨霏霏，不過數個寒暑，然而，在這一來一去之間，卻是多少的折騰，我好像被剝了一層皮似的，竟然滿身虛脫。

圓滿旅程

　　回台灣省親一直是我們年年暑期的盼望，雖然總是心疼那所費不貲的機票錢。星航的班機終於落地，撲面而來的濕熱，像是親密的好友，送來最熱烈的擁抱，闊別的熟悉，再再明白的確認我們終於已回到故鄉家園的事實。

　　這一年，照顧年老失智的母親，還有即將走入高中的女兒，日子的確忙碌緊張，姊姊體諒我的勞苦，特別安排花蓮、台東、清境農場的旅遊活動，以慰勞我的艱辛疲憊。她費心籌劃，出錢出力，對女兒康寧更是疼愛、呵護有加。

　　康寧從上飛機開始，心情始終是亢奮的，一到台灣就進行採購大業，CD、衣服、鞋子，買得不亦樂乎。怎曉得出發旅遊前日，在伯母、乾媽的接風席上，她不但又吐又瀉還發著燒，室外豔陽高漲，攝氏三十八點六度的氣溫，看見她紅通通的臉透露出的極度倦乏，真教人焦慮且心慌。因為所有開銷已經支付，次日我們不得不帶著擔憂往東前進，康寧依然有燒、肚子仍然在瀉，但感謝上蒼，她對遊覽還懷著期待，也撐持著坐上自強號火車到達花蓮。

　　我對旅行的看法一直是畏懼勞累多於喜愛，尤其在烈日襲擊下，更是意興闌珊，所以只要到了旅社，看見床就想躺，只要逮到機會就在冷氣室中磨菇，姊姊退休前是國中的訓導主任，這下可好，我好像是個違規頑皮的逃「玩」學生，經常被訓「好吃懶惰」，連玩都「偷工減料」，真是不懂享受人生，實在乏味。

　　我是被罵一下就玩一下，沒想到下榻花蓮的初晚，就遇上五點五級的地震，我心想剛好趁此早早打道回「府」，府城台南是我的故鄉，正有許多朋友、學生等待和我「喜相逢」呢！但是姊姊密集安打式的行程，扎扎實實地讓妳沒空開溜，什麼兆豐農場、知本溫泉、泡湯、喝茶、看山地舞，吃野味、品山菜，上山下海，山濱水涯，名勝盡覽；美味嚐遍，我這不解風情的「美國阿土」，好歹也湊合著玩了東台灣，旅途中姊姊和我相繼步入女兒的瀉肚後塵，可安慰的是成藥適時發效，尚可竟程，更感謝的是高齡老母，除了失憶，重複又重複的說「我在洛杉磯也常常來這個花蓮農場玩」外，她的體力、精神可真是「一級棒」，除了自嘆弗如，就是感謝，只要她強健，我們才能無後顧之憂的達成環遊半島的「使命」。

　　終於返回台南家鄉，好像吃下定心丸般，精神好輕鬆，日本料理、古都風味、Buffet──管他是「補肥」還是「不肥」，親朋好友，共聚一堂，「吃遍天下無敵手」，我這個「好吃一族」，畢竟得償宿願，老友、佳餚相互輝映，這張機票物超所值矣！

　　花東行後，我們又去了中部的清境農場，我曾經烏鴉嘴說：「好奇怪，今年怎麼一個颱風都沒碰到？」怎曉得一星期後，三個颱風一個接著一個來，甚至風狂雨驟，行路難、出門難，新聞報導說：「花東水災、知本坍方，清境積水，交通阻斷」；返北前夕，台南雷電交加，住在大廈的我，因為電梯出現問題，無法升降，行李超重的我們，幾乎扛不下樓了，那時又傳出高鐵站票風波；同時美國洛杉磯機場也突然電腦當機，出現狀況，一片混亂，乘客久滯無法進出，每條新聞都和我或是曾經或是即將有所關係，所以令我備感觸目驚心。

　　而我，竟然能在無風無雨的兩個颱風空檔中，平安又順利的踏出洛杉磯的機場，多麼令人慶幸！

　　這些天來，終於渡過昏天暗地的時差，整理好旅遊的照片和影帶，觀賞海天遊蹤的足跡，看得見的是歡樂滿行囊，感悟出好山、好水、好心情，若非再添上訴不盡的親情、友情，所織出的溫馨接待情，豈能使這一趟台灣行，達到如此美麗而圓滿的境地？當然我更深知，若沒有祂一路的保守與帶領，何能如此？感謝之餘，又不禁開始翹首期待下一回合的返鄉行啦！

參、感悟篇

人生感悟
——記國光中學校長王琇女士

　　深夜兩點，驚人的電話鈴聲響起，我「蹦」的跳起接答，沒想到是一向輕聲細語的夫家大嫂，正語氣急促地請我們代打 911 電話，因為出城剛返家的她，聽到母親身體不適的留言，和大哥趕到金齡老人公寓，卻打不開公寓的大門進入，而打給老母的電話始終沒有回應，急壞了，偏偏 911 救護車又拒絕她的手機求救（因為區域不同，911 無法出車越界搭救），她只得找住在附近的我們幫忙了。

　　先生冷靜地說：「911 電話不能打，因為嗚嗚的救護車按址追蹤，可會開到我們家來的。不如我們立刻更衣和他們碰頭，再想法子開門吧！」，趕到公寓時，先生使勁一弄一推，門就開了。我扶著淚流滿面又心慌的嫂子，心頭一緊，也好擔憂，好害怕會發生什麼意外。從來處事鎮定的她，突然間像換了個人似的，亂了方寸，抽泣不停，通往住處的短廊，怎麼也好像沒有盡頭，走不完似的，我們的步伐沉重，夜很深沉，大家凝重的心情也如許深沉，不敢想像會面對如何的狀況。

　　大哥和先生搶在我們前頭檢視，哇！感謝上帝，燈還亮著，老人家居然手握報紙的睡著了，如釋重負的嫂子破涕為笑，喜劇結束虛驚，我們悄悄闔門離去，那是五月份的事了。

　　人人口中稱呼為王校長（王琇女士）的大嫂母親——俞伯母，還是在幾個月後，壽終正寢。她在早餐後，正襟安坐的平靜離去。追思會上，滿廳的致哀賓客中，我才體會到她不平凡的一生，才省悟出生命的意義與價值。

　　一九四三年春，俞伯父慶仁先生有見於抗戰勝利後，國家重劃之重要，毅然投入中國石油公司，奉派台灣高雄，俞伯母亦於當年九月攜子女赴台。未料晴天霹靂，一九五〇年五月五日俞伯父因研究油料品質之改進，在中油公司實驗室裡吹玻璃儀器時，發生爆炸意外而因公殉職，清華大學數學系畢業的俞伯母在公司為撫恤遺族生計的幾項安排中，毅然選擇了最具挑戰性的高雄煉油廠子弟學校校長的職務，自此開始了一段造育精英的事業。

　　身材瘦小的俞伯母——王校長，每天騎著腳踏車在校園與家中奔波，三個孩子分別是襁褓五月、六歲、十二歲的稚齡小兒，她才三十來歲，在經歷巨痛，不說不哭的強烈悲哀的反常反應兩周後，銜哀奮勵，全心全意地投入偉大的教育工作。並自接任校長之職後，在二十八年的歲月中，把專為油廠子弟設立的國光中學，原僅為學生不到百人的鄉村小學，長期增長經營，變成自幼稚園到高中的完整學校體系，不但成為高雄地區的優良中學，並已為國立中山大學之附屬中學。

　　俞伯母辦學，井井有條，尤其國光初中畢業生曾連連勇奪高雄聯考之榜首，自辦高中後，第一屆畢業生即達到 93.34%的大學錄取率，為台灣當時頗被稱羨的盛事。她的三名子女，亦學有專精，家業有成，俞大哥當年還以最高分考進台大成為系狀元呢！

　　認識俞伯母時，她已八十多高齡，雖然退休，遷居美國，但仍堅持獨立生活，一個人在蒙特利公園市金齡新村居住，依然熱心公務，在居處的老人公寓建立圖書館，義務管理該館，她更勤於在報紙副刊中發表短文，並著成《半屏山下》一書，她年輕時那種努力好學的精神始終不懈。每年感恩節，我們順路接她上大哥、嫂家過節時，最重時間的她，總是早早在大門口等候，一路上談教育、談

寫作，她總是意氣風發，我們都很亢奮，忘了年齡差距，我這才算明白「忘年之交」的成語意義說的是什麼了。

這些年，她記憶驟減，常不記得我是誰，但仍用心做筆記，用她的土方法──過一天劃去一天數字的方式做記錄，終能一日不差的定期繳交水電、瓦斯、電話等費用，她是如此負責的完成該做的事情。她不愛油膩，喜吃生菜，起居定時，作息規律，我常佩服她的清淡養生與永不退休的執著求知的人生態度。

年初，我們曾一起吃飯，她堅持買單付錢，我覺得不好意思，她卻孩子氣地說話了：「等我一百歲時，我就要你們請我客了，因為我是百歲壽星啊！」言猶在耳，她竟百年，世事難料啊！

九十四歲的她，無疾而終，也算是福氣，昨天喪禮上，花圈滿堂，一群六、七十歲事業有成的「高齡」弟子，抱頭痛哭，上台致詞懷舊，句句都是感恩，咸認為她是可敬可愛的好校長，並深以為做為她的學生是最幸福的事。她做校長，我無緣恭逢其時，接受教誨，但渴望聽到學生對我說：「老師，我以做為妳的學生為榮」，始終是我教學時對學生懷抱的心願，我們在教育的理念上是心翕相通，頗有共識的。

紀念會上，我聽到許多人對她的敬佩與愛戴，雖然傷逝，但身為後生小子，卻別有感悟，「蓋棺論定」，她奉獻自己的一生，見證了時代、見證了教育真義，她跋涉生命的艱辛困頓，不僅超越其間，反而不斷的燃燒、燃燒，發光、發亮，成為別人的激勵、借鏡和溫暖，我感悟出這樣有價值的人生，毋寧是生命追尋的崇高境地，雖則苦過、痛過、累過，卻是不曾白走過。

左起家母、女兒康寧和王琇校長

回首

人到中年，好像特別容易懷舊，特別會吃感傷藥和感嘆藥，情況之嚴重，真可媲美每天吃維他命一般稀鬆平常呢！

那天去買菜，中國超市隔壁的書局，正播放著張艾嘉的〈忙與盲〉：

許多的電話在響　許多的事要備忘

許多的門與抽屜　開了又關　關了又開　如此的慌張

我來來往往　我匆匆忙忙　從一個方向到另一個方向

忙忙忙　忙忙忙　忙是為了自己的理想

還是為了不讓別人失望

盲盲盲　盲盲盲　盲的已經沒有主張　盲的已經失去方向

忙忙忙　盲盲盲　忙的分不清歡喜和憂傷

忙的沒有時間痛哭一場……

總在慌慌亂亂，忙著窮趕時間、正推著推車疾行的我，突然怔住，這首年輕時曾經熟悉非常的老歌，怎麼會在這時候出現，好像在叮嚀又好似在提醒，讓我的心如同被電到一樣，很不受用。幾十年前，初聽到張艾嘉的〈童年〉，心中震盪感動莫名，覺得它把我們天真無邪、無憂無慮又迷糊偷懶的童年，敘述地傳神絕妙，實有許多共鳴，真真令人著迷；又豈知曉孩提的夢尚未長大，就得經歷忙與盲的無奈，可是當時猶覺青春燦爛，正如同剛到手的全新日曆

一般，充滿希望，揮霍難盡，從來不見珍惜，原以為來日方長哇！所以何需擔憂嘛？

也曾到處兼課和指導學生參加各種比賽，早上出了門，不到天黑回不了家，一天又一天，一年又一年，日子頗是疲憊，然則我非但不以為苦，反而樂在其中，當時的我，的確認為自己的忙碌是為了成就自己的理想，所以看到學生的苗壯成長，私心歡喜莫名，即使忙得沒有時間交男朋友，也還沾沾自喜於個人小我「公而忘私」的情操是多麼值得歌頌呢！

那時節，張艾嘉的歌真是風靡一時，曲曲動聽流行，簡直是大街小巷傳遍，我卻覺得對她的〈童年〉感受強烈的程度永遠勝過〈忙與盲〉，因為忘不了屬於自己甜蜜開心的童稚歲月，又一直趾高氣揚地想把握住的年輕恣意揮灑，彷彿不搞出一番驚天動地的成績，愧對此生，那是多麼囂張愚昧的青年時代，不僅有足夠的本錢去面對那不斷奔騰前來的忙與盲的衝激，居然還能充滿鬥志的給與迎頭痛擊！

曾幾何時，青春的風帆，早已遠颺而去，不曾預料腳蹤屐痕，是如此輕易就踏過生命中的美麗勝景，才驚覺虛望了幾度夕陽紅的流光，畢竟沒有闖出什麼；我們依舊忙碌，而今「忙得分不清歡喜和憂傷，忙得沒有時間痛哭一場」的字眼，真成了此際生活中最切合的寫照。而年輕時大言不慚地「忙是為了自己的理想，也是為了不讓別人失望」的誇口，現在已經收斂，改為靜默了。倘若真能不負當年曾經有過的豪氣干雲，成就也早該花滿枝椏，結實纍纍了，又何至於此刻的忙碌如昔？庸庸平凡如昔？

不能回頭的青春歲月，即使深深感念，也悵然無助，眼前卻還有繼續要走的路，可嘆狂傲已邈，終究不敵歲月磨蝕，何敢奢求還能繼續如往常般，強壯有力的迎上前去，但望步步踏著的是更寬廣圓熟的步伐與行徑，於願足矣，畢竟仍是期望不負此生啊！

同情心

為了閃避路邊一輛慢騎的自行車騎士，無意壓到了路線而被警員下了罰單，同事王老師昨天請假出庭，想要和警員爭理，可惜依然被法官判決有罪，三百美元罰鍰就飛了，還得到交通學校上課，王老師在電話中反覆重複她心中的嘔氣和怨恨，並且叮嚀我以後千萬遠離腳踏車騎士。

不景氣的時代，連警察局也叫窮，警力大肆抓捕行車違規事件，幾乎到「苛政猛於虎」的地步，這個我早有所聞，我本來就是開車低能，每天出門工作，經常是戒慎恐懼，被王老師再次告誡後，更是誠惶誠恐，上、下學交通擁擠時，看到幾輛騎士在路邊悠哉悠哉的漫遊時，我的緊張幾乎要瘋狂，使我手忙腳亂的狀況，更是嚴重，想要急速超越，深恐技術不佳，發生意外，打算換線，左邊快車道上的車子川流不息，豈能遂我心意？無奈我只有和腳踏車同步作業，熟知後面嗶嗶的喇叭鳴叫接連不斷，聲聲催逼，嚇得我冷汗、熱汗齊流，進退兩難！

幾次痛苦經歷之後，讓我對那批自行車騎士深惡痛絕，只要和他們短兵相接之際，我就犯嘀咕，口中念念有詞的發牢騷：「拜託！拜託！別耍特技了，識相點，騎快些，靠邊騎一點，甭害人吧！」邊罵邊生氣，那種感覺真是不爽。

我的女兒乘客，忍了我幾回，有一天，終於按捺不住耳根不淨的難過，對我進諫諍言：

　　「媽媽，你在冷氣車裡享受清涼，比起他們在大太陽下汗流浹背一蹬一蹬的辛苦，你有多麼幸福，為什麼還要和他們計較呢？他們可能沒錢買汽車，或者沒能力付保險，是值得同情的人，多發揮一點同情心吧！那麼你可能開起車來，會平心靜氣許多呢！」

　　巧的事是，那天去教課的途中，看到女兒同學的阿姨，戴著安全帽，正在努力的踩踏她的腳踏車，我大吃一驚，隔天買菜相遇時，我問她：「你不會開車呀？怎麼昨天看到妳在路旁搖搖晃晃地騎單車，在洛杉磯騎車是很辛苦也很危險的事啊！」

　　這位頭髮花白年近六十的單身女士回答我說：「是很危險啊！我已被撞兩次，頭破血流還到醫院掛急診呢！但是沒辦法，我的血壓高，每天到學校騎車來回八十分鐘，除了藉此運動鍛鍊強身外，還可省下許多油錢，我的汽車太老了，維修太貴，實在負擔太重，能省則省吧！所以我還得這樣賣老命的騎著……」我看見她的黯淡眼神，為生活奔波的辛酸勞累全寫在臉上。

　　如果可能，有誰願意放著快速安逸的交通工具而不用呢？我想起女兒「多發揮一點同情心吧！」的論調，突然好生感動與慚愧，十六歲的她，都能感受「沒有」的難處，我已得盡「出必有車」的上風，還有什麼條件去嫌棄不得不靠「腳力」代步的那些「勇敢」騎士呢？

走過

　　每天去教學時，沿途總會經過幾家加油站，雖說每家的汽油價錢各有不同，但是天天漲價的光景，卻是不相上下，看著「步步高升」且「日新月異」，總在創新高的油價，真令人驚心動魄，隨著油價的不斷攀爬，相當然爾的，通貨膨脹的壓力，就亦步亦趨的窮追不捨啦！

　　春天的時候，好心的朋友在網上看到便宜的返台機票，約我一起劃票，以搶得個頭籌，我躊躇再三，忖度連續幾年回鄉省親，吃喝玩樂，吃香喝辣，不亦樂乎，的確開心，而今物價上漲的速度，一日千里，什麼都漲，唯有薪水不加，實在不忍心再連年揮霍，浪費家中公帑，還是收斂些吧！

　　始終深愛著台灣的女兒一直還抱著期待，等候我的回心轉意；仍不死心的天天上網，總癡人說夢的幻想著，會意外「瞎貓碰到死老鼠」地撞到個機票跳樓大降價的「天大便宜」，同時又雙管齊下地對我極盡苦苦哀求的纏功。

　　暮春走了，初夏來了，油價的漲勢仍然方興未艾，機票的價錢更是不再回頭，女兒的癡夢，猶不願醒來。

　　我的暑期班教授課程在吃過謝師宴的隔兩天，就已開始；我同時也為女兒報名了高中預修課程。從此，我的日子裝滿著忙碌，一大早，送走女兒去上課，再送媽媽到老人中心，然後繼續趕赴自己的學校，三個地點，三個鐘頭的授課時間，卻要消耗六個鐘頭的奔波往返與等候。

每天迎著朝陽，頂著烈陽，趕來趕去，總會在懷中放著幾朵新摘的白蘭花，然後再握住一杯星巴克的卡布其諾，花香、咖啡香就將這樣地伴我一夏，成為充實體力的「維他命」了，想想若非它們的助力，我如何能在仲夏的酷暑中衝鋒陷陣呢！

女兒自是不爽，我苦口婆心地安慰她說：「台灣現在正流行『拚經濟』，我們也來東施效顰，和台灣同步作業，一起趕時髦吧！」她緘默片刻，退而求其次的道出「明年可一定要帶我回台灣哦！」的要求。「不行啦！明年妳將要準備『拚大學』呢！」「媽！我覺得妳很可憐！怎麼一輩子都在『拚』呢？我們老師說：『要 Relax！放鬆！放鬆！休息是為了要走更遠的路，我看妳就不用再拚啦！』」

「唉！只要不是拚命，拚還是有必要的啊！如果一定要捨棄什麼的話，我看就優先割捨妳的『血拚』大業吧！」（哈！我的 IQ 夠高明吧！）

不過，言歸正傳，提起女兒的諫言，可真有些傷感呢！去年、前年的此時，我們正忙著打包行李返回故鄉，而今年只有在同樣的燠熱裡想念台灣了。說來真夠諷刺了，前兩年，姐姐安排了台灣西海岸、東海岸的環島旅遊，當時我還埋怨行程緊湊，玩得辛苦，而今相比，玩得辛苦，遠遠勝過此時的做得辛苦呢！很多感悟，懂得珍惜時，往往都是「輕舟已過萬重山」了，也許若干年後，回首此時，又將是一嘆「輕舟已過萬重山」了吧？

路，為什麼總是在走過後時，才能回轉身來，看到它的美好？

路很長、路很遠；還要走、繼續走，原本是花香遍地，無處不美的，可惜總被忽略。女兒說得對，我們真應該歇個腳、駐個足，停下來欣賞欣賞沿途的迤邐美景，而不是一味趕路，以致畢竟和良辰美景失之交臂了，莫待錯過了，才恍然大悟，原來失去太多，卻沒有歲月可回頭了……

東西相遇時的認知

　　氣象局的氣候預報，是愈來愈準了。中午出門去教課時，還是豔陽高照的，四點不到，天空已是一片昏暗，夾雜幾聲轟隆隆的雷聲，然後就是滂沱大雨傾盆降下。嘩啦啦的雨聲，擊打在屋頂，像是急奏而起的交響樂，聲勢頗為壯觀，教室裡的孩子們和著活潑的雨聲興奮莫名。還來不及等待下課鈴聲響完，就往外衝，他們或是撐傘，或是甩傘，盡情在雨中的操場追逐喊叫，看到他們淋濕成落湯雞的慘狀，從暖氣房奔出的我急著跳腳么喝，可惜這些像脫韁野馬的學生們，根本無動於衷，冷不防地，我卻被陣陣的風雨傷著。好不容易把他們喊回教室，再上課時，我在一冷一熱，強烈溫差的衝擊下，不禁頭頂緊縮，慘了，我的頭疼毛病又犯了。

　　放學了，天空依然豪雨如注，莫可奈何，即使是頭抽著痛，還得硬著頭皮往回家的路上飛馳，這次第真只有一句「歸心似箭」可以形容了。風狂雨驟，我的腦袋彷彿是插滿針頭的針座，夾雜著翻騰的胃酸反覆上衝，我知道除了繼續勇往直前外，別無選擇。

　　秋水望穿，感謝上帝，家終於到了，熄了引擎，我三步併作兩步地奔向二樓，嘔了又嘔，正在做功課的女兒，居然對我說：「媽，請妳到樓上臥房去吐，好嗎？」氣弱的我再撐上了一樓，然後滿腔的污物，傾湧而出，再就是困乏疲憊，全身發軟地癱下了。

　　迷迷糊糊地睡了醒，醒了吐，然後反覆又睡去，只是虛脫無力的昏沉中，除了身體的衰頹外，想起女兒非但不憐惜老媽的不適，

反而還要我「更上一層樓」的無情,胸中除了吐出的酸水外,更是滿滿的苦水,感傷至極。

想起小時候的她多麼善解人意,每當我犯頭疼嘔吐時,她總是守在馬桶旁,除了為我拍背,還拿起刷子,用那短胖的小手,顫顫地刷洗馬桶,那時節,真令我感動的涕泗縱橫,也不過十多年光景,這個窩心的小女孩跑丟了,面對這樣殘忍的寫實狀況,我真想發出一篇緊急「尋人啟事」,把昔日體貼的她再度找回啊!

天亮了,我依舊無力,卻聽到女兒「媽,妳有沒有好一些?」的詢問,我沒好氣地回答:「妳終於想到我啦!我已經難過傷心一個晚上了,妳昨晚的表現實在令人寒心啊!」女兒慚愧的低著頭道歉:「媽,對不起,我昨天在趕一個報告,改來改去,總是做不好,心裡又急又惱,氣得要抓狂,我只害怕自己無法靜靜完工,根本沒心想到妳的痛苦,媽,I am sorry 啦!」母不記女仇,只得放她一馬了。

最近聽了一場演講,主講的老師提到她的經歷,引起我的共鳴。她說有一天,身體極端不適,忍不住就打電話給遠方的兒子訴苦,沒想到兒子卻冷冷回應:「媽,妳跟我講那麼多,有什麼用?我又不是醫生,又住在那麼遠,遠水救不了近火,妳應該趕快去看醫生,只有他才能醫治妳的疾病,解決妳的痛苦,不要再說啦!」

這位老師失落和生氣的情懷和我是不相上下,可是因為她是研究心理學的,冷靜一想,兒子說得其實也滿有道理的,他的確是鞭長莫及愛莫能助啊,因為他是土生土長的 ABC,處理事情的態度已經洋化了,實話實說是美國人的作風,理性的孩子碰上感性的老媽,自然有不同的反應與感覺,非關無情,只是接受的西方教育使然,罷了!何須介意,我們既然來到了美國,也就應該坦然接受東西有別的差異,這樣才能免去許多無謂的感傷啊!

聽君一席話,勝讀十年書,我的茅塞終於頓開矣!

高足

「對不起，我真的很忙，況且我現在的眼力極差，家中還有老有小，以後沒辦法再幫你修改或設計你公司的文稿了！」

這是身為「張」老師及憂鬱協會總幹事的曉雲，正鼓勵及督促我排練「拒絕旁人一再請求幫忙」的台詞，我支支吾吾的，始終開不了口。

自從對電腦情有所鍾之後，湊巧又碰到幾位電機博士的電腦高手，不吝對我大事提攜指導，再加上敝人的發奮圖強與鑽研探索，因此給了我在編製中文教學教材上莫大的幫助，原先也覺志得意滿並為自己漂亮的成績感到驕傲的。

誰知，這番上進，卻為我帶來不小的困擾，使我深以為苦！原來朋友知曉鄙人的手上功夫後，紛紛託我幫忙製作公司廣告傳單或是海報、文書……等等，其中那位開有兩家貿易公司的黃老闆尤其對我的「馬上辦」更是多加「青睞」，起初的開場白是：「對不起，這麼晚了還打擾妳，真不好意思！但我又實在沒有辦法，因為妳不僅中文造詣高，又會中打、更會設計，除了妳，真不知還能找到誰能幫成這個大忙呢？」

我本以為「助人為快樂之本」，更何況他說東西不多，頂多一小時就可完工嘛。哪知一個不懂中文電腦的，哪能體會個中艱辛，常常說是一小時的事，不花個把鐘頭不能竟功，偏偏這位老闆級的人物，總是熬到最後一刻鐘才在夜晚「急診」，幾回忙到凌晨，我這好人義工，已經眼冒金星、頭昏腦脹，卻囿於主人身分，不好

下「逐客令」，但內心卻是氣急敗壞，幾乎要抓狂，這種痛苦經驗，讓我在返台時，不免向這位「張」老師吐苦水了。

到底是專業人士，她像是中醫把脈般，立刻切中要點，問我：「請談一談妳心中最初的想法與現在的感覺是什麼？」我說：「我一直以為對我只是舉手之勞，不足掛齒，也很高興能夠解決別人的難題。可是幫到最後，卻覺不被尊重，好像讓人以為我是活該當如此輕易地被使喚，甚至連我的夜晚家庭休息時間，都可隨時被佔用，除了感慨外，更覺厭煩。」

「妳的感覺，有沒有告訴他？」

「沒有！因為不好意思。我現在只是不接電話，想用消極、冷漠的逃避方法，去解決這個頭痛問題。」

「妳犯了很大的錯誤，因為妳沒有聽從妳內心的吶喊聲音，妳的心早已告訴妳受不了了，妳卻還在逼迫自己苦撐下去，這種損己利他的行為，分明是傷害、摧殘自己，與自殺又有何異？實在很不乎合健康養生之道，不要再折磨自己了吧！『坦然拒絕』其實才真是善待自己和善待別人的正確人生態度啊！來！讓我們來做做操練吧！多演練幾次，習慣了，妳就會發現『學會拒絕』，原來也沒有妳想像的那般困難呢！」

我一直羨慕曉雲的處事理智，多愁善感的我，總覺望塵莫及，心中只有佩服的份了。

上月底，曉雲的先生到聖地牙哥玩，她希望住在洛城的我，託帶一些東西給他，我的天！我的十萬字新書即將限期出版，我忙著三度校對和台灣的發行人日夜趕工，交換意見，已經累得快虛脫成人乾，早已分身乏術了；況且又不會上高速公路，想要實踐所託任務，實在是千難萬難，我煩惱了一整天，無奈！終於誠懇地把自己

處身的種種為難和盤托出，以電子郵件告知，心中忖度，一段往日情誼怕要付諸東流啦！

沒想到我的擔憂真是多餘，曉雲的回音來了，「維敏：真的很抱歉！我考慮得太不周到了。聽到妳的說明，我感到很慚愧！妳的工作、老母、幼女、寫書……等等已經夠忙了，感受到你的時間真是緊湊與忙碌，我還以一些瑣事再麻煩妳，真是很抱歉！

希望我的抱歉可以不再造成妳的操心，聽到妳真誠的表達和說明，我真的很能接受，我相信不管有沒有麻煩到妳，都不會影響我們原來的友誼，對不對？在妳平靜、有次序、有節奏的生活步調下，突然，我投了一顆小石頭，掀起了一個小波浪。維敏，真的很抱歉！還好此時波面已無痕了，但是因為這件事，讓我知道妳已懂得如何拒絕，這未嘗不是一次成功的測試，妳已跨出突破自己的一大步啦！我為此感到特別開心。」

哦！名師出高徒，而且還是在「老師」頭上動土呢！

等待

　　四年了，大西洋街道的路因為新建一座商業廣場，給我們的生活帶來許許多多的不便。

　　原先說是兩年半即可完工的工程，單單拆除古舊建築，就花了近兩年的時光，本來為兩條線的馬路，因而合併成一條，這條路本來就是銜接十號高速公路的交通要道，平日裡來來往往的車子頻繁而忙碌，上下班及上下學的時候，交通流量更是擁擠難行，偏偏再加上這個一拖再拖的大修築，實在擾人，而每天下午去教課，捨此捷徑，我還真是「無路可走」呢！這下子，我有如籠中鳥，振翅也難飛，不得不效法烏龜爬行，雖然心急如焚，也得無奈的和連綿不斷的車陣為爭一「線」之地而緊張惶恐。

　　這段日子，看到怪手張牙舞爪地把陳年老屋連根拔起，轟隆轟隆的噪音再加上土石飛揚，捲起千堆土，車行期間，真是驚心動魄，落雨的冬天，拖泥帶水的地上滂濘不堪，前有慢郎中在「遲遲吾行」，後有急驚風「聲聲催逼」，叫人心情憂懼莫名，起風的日子，滾滾沙塵，忽聞蕭蕭風呼，然後一片視茫茫遮蓋前路，「行路難」的感覺幾乎天天興起，可是課還是要教，儘管怨聲載道，路還是得走下去的，只有端是無奈的苦苦忍耐著，這次第實不是一個「煩」字可以訴盡。

　　先生半是規勸半是教導的對我說：「如果埋怨可以解決事情，並且讓你感覺開心，你就盡情發牢騷吧！問題是這樣子的動怒，於事無補，又對健康無益，何不換個心境去面對，接受這個事實，想

像時代廣場落成以後，有電影院、餐館、健身房、書店⋯⋯等等好多娛樂中心可去，而且就在我們家的咫尺之處，讓我們享受地利之便，有這個遠景可以期待，是多麼開心的一樁幸運啊！盛景之前必有破壞，所以就多擔待些吧！」

　　他的話終於讓我放下心中的不爽，為了將要來到的熱鬧欣榮，平心靜氣的在這條「顛簸不平」的路上繼續前行。

　　廣告上打出二十四小時營業的健身房在今年的一月五日要開張了，可惜二月過了，三月來了，寫著「四月五日鐵定」提供服務的宣傳單，畢竟再度食言了，送走了五月，才終於看到大樓初放的燈光，「千呼萬喚始出來」的亮麗，終究透露出一線「新」機，各棟大樓還在做最後的裝潢，慶幸的是整條大西洋街坑坑疤疤的一線道，已經拓寬鋪展成全新的兩線柏油路，駕駛在既平又寬敞的大道上，我的心情突然和大路一般廣闊，覺得好舒暢，想到不久就可逍遙的在這座商業巨樓之間瀟灑閒逛，這幾年被折騰的窩囊氣一掃而光。

　　唯有把舊爛的破壞，才能完成新穎的創造，而必須付出秋水望穿的煎熬，方始能夠嚐到美夢成真的歡喜，雖然等待的過程是透著苦澀的難過，而等待的成果卻是甜美醉心的，人生的路又何嘗不是同樣的光景呢？

絢爛

同學哲兮返美休假，我們幾位老友，難得共敘，小婕看我穿著一件亮晶晶的黑色背心，不免挪揄我的不知老之將至，還敢如此阿花。

我嬉笑回應：「世界太黑暗啦，我希望亮晶晶的光輝可以照亮大地。哈！其實哪有那種偉大能耐，主要的是我喜歡『閃亮的日子』！的確，光鮮亮麗的服飾，使我感覺精神。」

從小，就喜歡看滿天星斗，那一閃一閃的閃爍星光，總是帶給我無限希望與幻想，常常覺得它在黑暗中發出的光明，透露許多溫暖、慈愛與吸引，當黑漆漆的夜幕漫天鋪地的襲捲而來，這無盡的一團夜空真是令人恐懼，然而因為有星子的光芒，我們終於可免於承受那些沒完沒了的黑暗蹂躪，使我的心有些安慰與依附，對於「閃亮」的追尋與渴望，好像就從那小小的童年開始。

我開始收集聖誕卡片，尤其是沾滿金粉、銀粉的圖案，中秋節月餅盒中的彩色細絲，還有媽媽衣服上的亮片，我好興奮的，將它們放到我的百寶箱中，好像從此掌握住人生的所有光艷，是那樣富足與滿意。

我從同學的眼光中讀出羨艷，那種被人羨慕的優越感覺，令人洋洋得意，然後，我又發現當我的讀書成績很棒之後，我也是如此受人敬佩與愛戴，這種「閃亮」與被人仰望的感覺，使我頓悟它和百寶箱的光景可以相提並論了；於是我把收集的看得見的光彩，再

添加了追逐高分的學業表現，只因為覺察到能夠出人一頭地，那樣的滿足更給我一種絢爛的肯定。

是的，讓絢爛一輩子都記得。殊不知因為時間、空間的改變，絢爛也會逃跑的。

記得二十多年前初到美國，新環境，一切都是陌生，曾有的驕傲、自信，都使不出來，只看到力不從心的挫折與失敗，絢爛好像長了翅膀飛走了，那陣子，好落寞、好沉寂。

女兒的出生，為異鄉孤獨寂寞的枯燥生活，重新燃起希望。我像是一個魔術師，將她的生命一點一滴的抹上各種繽紛光鮮，我們栽培她學習許多才藝活動，她也欣然接受，其中，她最喜歡的就是中國民族舞蹈了，她六歲就開始在舞台上表演，從怯怯的站在台上，沒有信心，技藝不熟，像是早晨散步的老太太，步履遲緩，常常東張西望，落掉節拍，讓人在台下為她緊張的要捏把汗，八年了，終究盼到她在台上舞出一片天來。

舞出四月天，前晚，「中華舞篇」——南加州大型民族舞蹈表演，隆重地在聖蓋博劇院揭開序幕，女兒的鄒族山地舞「永遠的部落」，熱鬧地在台上盡情揮舞，我看到一群青春年少的女孩，一舉手、一投足地將爛漫的春華恣意揮灑，蕩漾的年輕激情，真把生命正要展現的風華，毫不保留的渲洩透露。

青春好可愛，絢爛好迷人，但那醉人的光輝是屬於年輕人的，我真為女兒喝彩，也很羨慕，俯拾那曾經歸屬於我們的燦爛，已隨歲月的流失消逝了，有些淡淡的傷感。可是想到近日收到的一封電子郵件：「生命也有保存期限，想做的事，該趁早去做，如果你只是把你的心願鄭重的供奉在心裡，卻未曾去實行，那麼最後的結果就是與它錯過，一如一件鄭重供奉在衣櫃裡卻捨不得穿而成為過時

的衣服，也如一塊供奉在冰箱裡，卻因為捨不得吃，已經過期了的漂亮蛋糕，畢竟與它錯過了。」

　　我忽然驚醒，那種有形外呈的絢爛，或者都隨著歲月的浪花漂去了，但只要手中握住一枝筆，依然可以努力，將人生還有的風景，不斷不斷的用文字，寫下蹤跡，且讓靜靜的字流，成為永恒的絢爛，為我停足！

　　是的，不要錯過生命的保存期限，就讓無形的絢爛留下吧！

最冷的冬天

感恩節的次日，美國人通稱為黑色的星期五，有許多商店在清晨五點就開始營業，常常有出人意外的便宜商品可提供，但是數量有限，必須是早起的鳥兒才有蟲吃，所以為了拔得頭籌，往往在感恩團圓晚餐後，就見到有人餐風露宿地坐在商店門口大排長龍，磨刀霍霍，一切只為癡癡等候展開天明的「大血拚」。

我也曾興致勃勃想湊一腳熱鬧，沒想到先生當頭棒喝：「大冷的冬天，凍得人牙齒打顫，鼻涕直流，幸運奪標，省了幾個錢，還不夠著涼生病時看醫生的醫療費呢！不幸的，擠得頭破血流，便宜貨是看得見、買不到，回來還是得貼醫藥錢，我看還是省省吧！」，唉！世上怎麼會有這麼一位無聊的悲觀主義者？開口閉口，滿腦筋想的就是要生病，合則，醫院開張就是為了收容這批進城「趕集、趕擠」的勇士？害得躍躍欲試的我，年年都因為說不動他這個應該是「共襄盛舉」的保鑣司機，只得望穿秋水。

今年，難得「保鑣司機」有閒情，願意投入採購行列，只是條件是不趕早場，得下午吃飽睡足，體力充沛之後，才駕車出征，一則應個景，再者隨緣，對待便宜寶貝，抱著「得之，我幸；不得，我命」的平常心，至少也做到「荷包品管」的節約美德，一向在人多處開車，總會緊張地手軟腳軟的我，因此只得無奈地從命了。

下午兩點，我們兩個「無所為」的「閒夫婦」終於現身在STAPLES的賣場了，先生頗為自豪地邀功：「我很聰明吧！輕輕鬆

鬆地就逃開了擁擠！」「廢話！廉價品早就被搶購一空，剩下的只有高高在上的貴傢伙了，逛了也是白逛。」我不爽的應著。

先生還在喃喃自語：「真是不景氣哪！房貸紕漏、銀行倒閉、股市崩盤、金融海嘯，相逼而來，大家苦哈哈的縮緊腰帶，連逛街的人都少了一大票啊！這真是個最冷的冬天呵！」「不景氣？櫃台架子上的東西都只剩空盒子了，倘若景氣的話，店裡的一切豈不是要清潔溜溜？」我沒好氣的又頂過話去。

「真是不景氣啊！以前這時候，各家門前的聖誕燈飾早已閃閃發光了，而叮叮噹的樂聲也早在大街小巷中傳遍，而今不聞歡樂樂音；不見燦爛飾燈，比起往年，今年的確太冷清啦！」先生依然連聲感嘆。

這兩天，一向乾燥的洛城，連續不斷的大雨夾著冰雹從天而降，放學時，在黑漆漆的暗夜和學生一起步出教室，操場空曠，長廊靜寂，一陣冷風迎面打來，好痛，好冷，我突然想起先生「這真是個最冷的冬天呵！」的話語，冷不防地打起哆嗦，可不是嗎？路上行人稀疏，街燈黯淡，許多商店餐館門可羅雀，少數幾戶擺好聖誕燈飾的家庭，還沒有將燈亮起，這個冬天真是寒冷哇！

誰料，淘氣的學生們丟下雨傘，在凄風苦雨中叫囂地踩著一地碎冰，又蹦又跳，高昂的亢奮情緒，攔也攔不住，我急了大聲吼叫：「小心啦！會生病的，那麼聖誕假期就泡湯了。」正在興頭上的孩子們，哪裡肯領會我的「慈母情懷」？頻頻應著：「老師，冬天很快就要走的，難得碰到這個冰雹時刻，不要怕，就讓我們好好的Enjoy吧！」

孩子們的天真頑皮的確令人操心，但，他們畢竟說出一句真理：「冬天很快就要走了。」這種不花錢的樂趣也是千金難買的巧遇啊！我又何必再煞風景的阻攔呢？霎時間，我的心中突然念起詩

人雪萊「冬天來了，春天還會遠嗎？」的詩句，是啊！這個最冷的冬天終究會熬過的，我們必須要有信心，珍重待春至啊！

有備無患

有一天，先生突然心血來潮，要教我認識並且使用家中水電瓦斯的總開關，我當時不以為意的拒絕說：「這些機械的硬體東西，想起來頭就會痛，我實在沒興趣學，你就放我一馬吧！反正你是專家，有麻煩時，你就捨我其誰地解決了，又何必勞煩我這個頭腦簡單的人傷腦筋呢！」

第一次，我發現我的迷湯灌得無效，先生不由分說，硬是把我抓到樓下的車庫，讓我一一實驗操作，直到熟巧之後，方才罷休，那天他的堅持和嚴厲態度令我很是不爽。

昨晚參加家庭聚會，聽彩莉說她上周 party 回家，因為疲累，暫且躺在沙發上小歇，迷濛中聽到樓上沐浴的先生正在歡喜高歌，但好奇怪，這個洪亮歌聲之外，怎麼總夾雜一些怪調，不似一向的悅耳動聽，於是她循聲找出癥結，天哪！樓梯的地毯正汨汨流著細水，再往上瞧，哇！水勢正從「歌王」出浴的洗澡間氾濫沖散，且方興未艾的加速流竄，而「歌王」還在意興風發一曲情未了的忘情演唱呢！

被驚醒的彩莉，不禁嘶啞吼叫，可想而知男主人面對亂象的緊張，地毯濕透了，夜深了，如何是好？這個危機處理，考驗著應變能力的，的確是個大麻煩，可想而知，接下來的一周是多麼難熬，找人估價、挖牆鑽洞、換地毯、修水管、鋪磁磚，補救工程的艱巨，實在勞民傷財，可是又不得不打起精神應對，彩莉提到這些日子的膽顫心驚與艱苦憂心，特別感歎於我們的年歲漸長，承受壓力的能

力卻成反比消退的無奈，我感同身受的拍拍她的肩膀，給予最深沉的共鳴與安慰，同時盛讚她的辦事效率，我說換成是我，鐵定只會如熱鍋上的螞蟻，又蹦又跳的慌忙埋怨，而一無處變本領了。

怎麼知曉，隔天周日聚會以後，我順道往牙醫診所詢問洗牙事情，本想一鼓作氣，停留半個鐘頭，等待用膳歸來的牙醫趕快將我的黃板牙美容好，可是不知為何，心頭總有掛慮，很是不安，決定還是打道回府。

萬萬沒想到，當我打開車庫的門時，不見先生汽車，只聞嘩啦嘩啦的水聲，心頭一沉，莫非有狀況了，上了二樓，發現整個廚房的屋頂，彷彿宣洩不停的斗大淚珠，急驟墜下，廚房淪陷了，再飛奔三樓，赫然揪出肇事的源頭，原來是浴缸上的水龍頭壞了，水勢一發不可收拾，偏偏浴池中裝滿了水的盆子，壓著了浴缸的排水孔，所以滿溢的水只有往缸外奔騰，大水淹沒了浴室，這些無處可逃的流水，唯有向縫隙下的二樓滲透了，我在錯愕的紛亂裡，突然靈機一動，往一樓車庫外衝去，好高興，那似曾相識的開關閥子，終於被我緊閉起來了。

更幸運地，外出的先生，難得的開了手機，並且回應了我的緊急召集令，立刻返家找尋師傅，更感激地是那位熟稔的修理技工，不辭周日休假的安逸，趕來我家「急診」救援，即使驚嚇打亂了所有屬於週末的悠閒，即使在精神上、金錢上都蒙受不小損失，但我這個平日不善應對家中各項機關的小兵，總算臨危不亂的立了大功，追根究底，還是先生那天突發的福至心靈，強迫我苦學使用水電總開關的技巧，才能倖免於更大的災難，看來中國人常說的成語「有備無患」，的確是很有道理的啊！

名嘴

　　二十多年前，做外交官的大哥從美國返台述職，親友闊別後相聚，自然歡喜非常，大哥要回工作崗位報到時，也自然是離情依依，尤其一別將要經年，此後相見不知何時，更添不捨的離情，苦於痛風疾病糾纏的老爸，不免英雄氣短的感嘆：「下次你返國時，不知還能不能看到我呢！」一向避諱口出不祥言語的老媽，狠狠的瞪了老爸一眼疾言厲色地說：「呸呸呸，你這張爛嘴，好好的話不說，怎麼專撿刺耳的喪氣話來講，讓人難過！真是個烏鴉嘴啊！」老媽嫌棄生氣的表情，我始終不能忘懷。我也不喜歡聽聞倒楣的話語，非關迷信，總覺不順耳，心中有疙瘩毛毛的，好不舒坦。

　　行年漸增，才發現這種「名嘴」，在周遭可真是比比皆是呢！怎樣令人難受，他們怎樣講，也許是他們以為幽默，可以沖淡心中的不安，也或許是他們天生「麗」質，享受自己出色的口才，而忘了他人對言語污染的承受力有多少，總知就是名嘴滿天下啊！

　　好友小莉的律師兒子光榮，跟一群朋友計畫好去參加帆船之旅的時髦休閒玩意，他對這個「第一次」一則興奮莫名，一則又為自己的暈車毛病非常擔心，很怕坐船會發生同樣不適的症狀，亢奮憂慮的情緒，令他輾轉難眠，一大早，迷迷糊糊的在媽媽的強迫下吃了暈船藥準備出門，忽然看到正在刷牙的父親，他還自認瀟灑地對父親說：「老爸，我如果走了，我心愛的 wii 和別的高級電玩就都送給你啦！讓它們好好陪伴你享受人生吧！」

他的父親一時間還沒會意過來，頻頻追問：「走？走到哪裡去啊？」當然，等搞懂了兒子的黑色笑話之後，自不免高聲責備一番。

美夢成真，帆船終於在大海中乘風破浪了，本來應該恣意在茫茫浩瀚天地中徜徉勝景的光榮，卻被翻騰的巨浪搞得七葷八素，接連而起的暈眩，使他躲在洗手間嘔吐，久久不能舒暢，怎知他還在洗手間忐忑不安地和自己的反胃抗戰中，突然一個大震盪將他的頭衝撞上門檻，好疼，他拚命的奪門而出，才發現同行的另七位隊友各個鐵青著臉，慌張不已，原來帆船被藍鯨的尾巴撞到了，有經驗的兩位帆船高手，匆匆跑到船底查看是否被撞出破洞，否則活生生的鐵達尼悲劇就要發生了，光榮的心揪著痛，一股寒意泛起，先前已經淨空的胃囊，更是要吐酸酸的「苦水」了，他好懼怕，只見到那位臨行前被推派為隊長的彼得，正在沉著地下達拉帆回岸的命令，因為事不宜遲，萬一船隻浸了水，那麼大家都不要活命了。

揚帆待發的夢醒了，踏著疲憊驚恐步伐回到家的光榮，虛脫地向小莉夫婦報告他的海洋失魂記，小莉還故做灑脫地笑對兒子說：「全世界只剩兩千多隻藍鯨了，多少人專誠出海觀鯨都敗興而歸，你們倒好，歪打正著地『撞』著了這個千載難逢的際遇，寫下與藍鯨近距離相遇的故事，多麼幸運啊！可以買樂透獎啦！」熟知慘白著一張臉的光榮，窘得拱手作揖：「老媽，拜託！拜託！別再要我了，我差點沒被嚇死，好險就真的要和我的寶貝 wii 道『固得拜』了，我這張烏鴉嘴，還真靈呢！下次旅遊外出時再也不敢胡說八道了！」

和死神擦身而過，經過大難的光榮終於見識到自己名嘴的威力了，玩笑可不是隨便可開的，聖經上說，多言多語難免有過；禁止嘴唇是有智慧的，一句話說得合宜，就如金蘋果在銀網子裡，可見，話語是何等重要，我們真的不可「輕言」了，要做名嘴就當多說造

就自己和旁人的話，千萬不要再口無遮攔，說不合時宜、不順大家心、耳的言語了。

擁有

　　學生時代，最討厭上體育課了，豔陽高照的日頭下，尤其最恨老師令我們跑操場了，目睹他們站在樹下悠哉悠哉地納涼，而我們卻得汗流浹背的奔波鍛鍊，真覺得好不公平，那個時節，哪裡知道，運動對身體的重要，又哪裡體會，能夠自由自在的跑跳，是多麼幸福的一件事呢！

　　人到中年，身體的狀況真是像走下坡，彷彿用舊了的衰老機器，頻頻放出需要維修的訊號。譬如：血壓的往上提昇，鎮日頭昏腦脹，甲狀腺功能的往下紮根，每天疲憊不堪，已夠煩惱多多，窮於應付了，這還不打緊，偏偏有個叫做五十肩的毛病，又來「錦上添花」、「趁火打劫」，對我窮追不捨，真讓我應接不暇，突嘆負負，苦不堪言。

　　不管醫生還是朋友，殷切叮嚀，反覆告誡的，幾乎全都是「要運動啊！運動治百病，除了『起而行』，自救外，豈有其他良方？」，可是言者諄諄，聽者原無意邈邈，無奈五十肩的左手，非但行動不便，連穿衣扣鈕，都力不從心，更何況舉手之間的無力感？病情嚴重時，疼徹心扉，輾轉反側，寤寐難眠的難過，著實痛苦。

　　很想振作，運動抗疾，可惜知易行難，頗是懊惱傷懷，以前四肢健全能跑能跳時，總以為這乃天賦本能，無甚稀奇，這會兒手臂抽痛，連伸手上下，都困難重重，遑論其他？

　　吃止痛藥、按摩推拿，復健的路上踽踽行，因此對從前健康跳躍的「正常」生活倍加懷念，過去輕而易舉就可完成的，卻被我煩

透了的簡易體操活動，而今居然是可望不可及的高難度測驗，想起來，難免情緒低落，怨聲載道，更覺悟昔時不懂珍惜的愚昧，後悔不迭。

　　先生見狀，故作瀟灑的安慰我：「因病得閒殊不惡，如果你不想做飯，還可以手痛為偷懶藉口，再者妳每天還在做『爬牆』功補救，證明並沒有完全與運動脫節，到底不算武功全廢，依然擁有許多『財富』呢！所以何必過度悲觀？就多多珍惜現有的一切，坦然面對已經發生的遭遇吧！」

　　「花開堪折直須折，莫待無花空折枝」，對於健康，對於活動機會，或許也當做如是觀吧！畢竟得到時未曾倚重，失去了才恍然大悟擁有的可貴，這可是一般人的通病啊！其實我們一直在「擁有」，且學會善待這項寶貝，萬萬別輕忽了此番尋常卻又值得正視的體悟啊！

節約路上

前些年，早晨送女兒去上學時，我都會順便在她的公園小學附近繞兩圈，實行所謂的「晨運」。每回散步時，總會看到有位老太太，一邊走路，一邊彎腰撿拾地上的可樂罐和塑膠罐，我當時以為她真有愛心，後來才知道這叫做「資源回收」，可以賣錢的，運動還可以賺錢，外加環保，一舉三得，實在很有「價值」，更何況那位老人家，自食其力，為自己掙些零用金，老有所用，不至坐以待斃，很值得敬佩的啊！

沒想到她才收集數月，就碰到讀高中的孫子，大加反對，原因是「人丟我撿」，祖母成了撿垃圾的清潔工，傳出去很沒面子，再者垃圾堆積家中，引來蒼蠅蚊子，製造家庭髒亂，很不衛生，有礙健康之道，又時而臭味沖天，可謂污染環境。幾項無懈可擊的理由列舉出來，似乎條條有理，祖母應該察納雅言，順應孫兒意見，當機立「斷」，停止繼續尋「寶」的大業吧！可是想到自己「一舉三得」的美事，又不忍輕言放棄，「撿與不撿」遂因此成為她家的衝突，一老一小，因而僵持不下，無法溝通。

當局者迷，「旁觀者清」，在我認為，孫說孫有理，婆說婆也有理，實在不需僵持對抗，只是對於回收物品，妥善整理，技術性改善一些儲藏方法，即可兩全其美了，誰知孫子堅持自己的看法與立場，不做妥協，祖孫因而心有千千結，搞得一家雞犬不寧，長年不安。

　　我因此連想到一個領有高薪的電腦工程師異曲同工的故事，只要是放假日，天一破曉，他就整裝待發，向住家附近的超級市場進攻，因為他要做「早起的鳥」，趕在超市剛開門的機先，捷「手」先登，可以搶到超市將受了傷或是快過期的那些沒有「外在美」的水果，打包成「良莠」不齊，卻是袋袋超廉的九毛九分的「稀有珍品」，他的論調是賣相不好的東西，只要沒發霉，雖然稍有瘡疤，畢竟不礙它們的天生「甜」質，芳香如故，可是價錢竟是天壤之別，何樂而不「買」？反正吃下去的結局都是一樣的，又何在乎美與醜？

　　所以工程師的週末假日都在汲汲忙碌於「撿盡寒『枳』不肯『棄』」的逐寶工程上而樂此不疲，每有所得，則眉開眼笑，樂不可當，彷彿中了樂透那般歡喜。我也曾被邀品嚐他的戰利品發表會，他或者將各種廉價收穫削皮切塊，或者，匯合壓打，成為濃汁，其味孔佳，不輸列在展示區的高價品，我因此有緣分享他的低價消費所帶來的高價快樂。

　　我把這件事情和一個大學剛畢業，尚未找到工作的學生述說，我說不景氣的時代不是我們所能決定的，但我們可以在這樣困難的環境中，窮則變的利用簡約的方法，依然享受到廉價的豐富。沒想到這個沒有薪資的年輕人，大大不以為然：「老師，一個人能夠吃得下多少東西？一分錢一分貨，不吃則已，要吃當然要吃漂亮新鮮的，有傷痕的水果多半被人摔碰過，人家摸來摸去的，不知沾了多少細菌，搞不好，吃了生病，看醫生更費錢。我才不要冒這個因小失大的險呢！」

　　哇！這個說辭也頗有道理，即使沒有收入也還要理直氣壯的捍衛高檔貨，年輕人，有骨氣！熟是孰非？看來又是一番公說公有理，婆說婆有理啦！

　　節約路上你、我、他，處在這個時代中的你，站在哪裡？聰明如你，是笑傲衰退經濟的祖母級、還是工程師的儉省族？抑或是「寧缺勿濫」的青年幫？無論如何，不管你是誰，只要快樂不傷害人的，應該都是無可厚非的吧？

賺了一個小時？

調整了七個月的日光節約時間，終於要恢復正常了。周末時，滿心歡喜的迎接這個盼了很久要被歸還的一個小時，心想可好好高枕無憂的補眠一番了。又有誰知，人算不如天算，臨時被邀去參加一個慶祝晚宴，開席的時間原定於六點半，熟知許多祝賀的表演耽擱了預先的安排，等到下箸時已將近八點，然後大家笑談酣飲，時間如飛，散席時候已經不早，幾個同搭便車的朋友，一站一站的沿街被護送回家，我是最後一站，好心的駕駛同事幫我送到家時，想到途中閒聊的話題好像還意猶未盡，索性把車子在路邊停好，繼續清談，我們堂而皇之的理由就是反正明天多出了一個小時，沒關係嘛！

哇！聊著聊著，剛才還覺街邊呼嘯而去，噪音挺煩人的行車，怎麼突然稀少了，抬望眼，天邊的星星也睡了，瞄一下手機，不得了了，已經夜深人靜平安夜了，嚇得我，拔腿就跑，分手時，我們還故做瀟灑地彼此安慰，「別急！別急！反正我們還握有 extra 的一個小時呢！」

進入家門，看見先生還意態悠閒地在凝神注視電視節目，女兒也是一條好漢似的還在和同學 msn 通話，彷彿不知今夕何夕，不由得我操心的發出熄燈號令：「半夜三更啦！快去睡覺了！還在混什麼混呢！」嘿！父女檔可真同心，異口同聲說：「急什麼急呢？現在才算十一點多一點點而已，哪裡算晚嘛！妳忘了我們今晚有一個鐘頭可賺呀？」

　　奇怪呢，每天都喊睡眠不足的我們，怎麼各個看起來都精神飽滿、精力旺盛？哇！這「好像」多出的一個小時，怎麼突然變成萬靈丹，比打點滴還有效，今晚似乎真是「不夜城」了，我看到左鄰右舍亦都是燈火通明，而且喧嘩不斷，真是「人同此心」，為這「賺」來的時光歡慶呢！

　　好呀！大家的興致都如此高昂，眾人皆醒我又為何獨醉（睡）？既然如此，我也順應潮流，「同流合『悟』」，和大伙一起「通電」，來段「夜未央」吧！我於是信步走到電腦前，開了機，開始與現代科技文明接軌，先是印照片，而後檢查信箱、回信，接著再順便走到新浪網上追尋最新訊息，網上世界如汪洋浩瀚，探討不及，網站是一站一站的瀏覽，「陶醉其中」的結局，就是讓時間「健步如飛」地消逝，等到眼皮沉重，頭腦昏昧，覺醒「早睡早起身體好」的名言時，已經清晨三點了，這賺到的一個小時，怎麼這麼不經用哪！

　　夢還沒開始上班，就被比我早起的陽光吵醒，趕著去教堂，昏沉沉的，很不舒服！不禁埋怨：「都是被這個什麼的『多賺的一個小時』給害的，我以為我可以好好利用的，結果卻被它利用了，好累好累啊！我現在可要花更多的時間去彌補了，唉！得不償失！」

　　可不是嗎？時光如流水，的確禁不起多少蹉跎的，若不懂得和時間這玩意兒錙銖計較的話，那麼就注定你永遠是個輸家了，這道理可真得警惕呢！現在，我並沒有把電腦桌旁的那個鬧鐘撥回來一個小時，目的就是想藉著它提醒自己，流水無情，要節制「電腦世界」的漫遊，否則「恣意沉淪」的下場，將會是無數個「賺不到的一個小時」了，戒之戒之啊！

騙子接力賽

先生一面看著電子郵件，一面搖頭歎息：「唉！怎麼會發生這種奇怪的蠢事，也只有你們這些女人才會相信這種鬼話，真是有夠傻和笨啊！更可歎的是這個故事的主角，居然會是和我同事十五年的米雪，枉費她長得一副精明靈巧的臉孔，平日裡辦事是快速又俐落的能幹。真是不可思議哪！」他喃喃自語，反覆歎息，狀甚惋惜。我被激起的好奇心還來不及發問，他卻被一通電話喚走。

「什麼？米雪怎麼是妳？我才剛好看完你的郵件，正在為你難過呢！」

只聽到對方在電話線的那頭哭哭啼啼，向先生請教挽救頹局的方法。

原來來自鄉下的她，一直未婚，國外孤獨的歲月，就靠著唱歌，打發下班後的閒暇時光，自然練成一副好歌喉，於是她把自己的歌唱錄影放在電腦網路上，本來只是好玩趕個時髦而已。

沒想到，有一天，她接到一個陌生男子的留言，稱讚她有副如出谷黃鶯般的金嗓子，他介紹自己是星探，專門發掘新人，只要她寄去五千美金，他保證可以為她做出一張完美的音樂帶子，為她自己留下永恆的美麗。

也許是孤單久了，也許是對方一番紳士的言辭與漂亮的英語發音，竟使她毫不遲疑的將支票寄出，結果兩個月未見音樂帶子的誕生，又接獲對方來電，告訴她：「因為最近在勘察一處專賣 Cream Puff 的店面，想要另兼一家點心生意做做，雖然比較忙碌，不過我

正加緊趕工，那張『完美』即將出爐。」然後他又雲淡風輕的加上一句：「啊呀！我差點忘了，點心店開張時，或許每天還可以播放妳的音樂帶，為妳做廣告呢！」

米雪一聽，心花怒放，喜不自禁：「真的嗎？我好像在做夢呢！」「別擔心，妳的未來不是夢，如果妳願意，妳還可以做這家點心店的大股東，順便就近一起監督妳的 CD 製作過程呢！」就這樣，米雪像被人下了蠱迷了魂般，不知不覺又心甘情願的付出了六萬美鈔，而這個製作家卻遁了形，再也無處覓芳蹤了，黃鶯出谷，從此變成了黃鶴渺茫矣！

好夢由來最易醒，悠悠從騙夢清醒過來的米雪，看到省吃儉用，好不容易攢下的半生積蓄，在短短數月間化為烏有，甚至連對方長得什麼模樣都「不識廬山真面目！」心痛至深，除了捶胸頓足，懊惱切齒外，真是精神恍惚，不知如何度日。

走投無路的她，打電話給我家先生，不僅尋求安慰，同時想謀求亡羊補牢的良方，她說：「朋友不忍看我憂心忡忡，廢寢忘食，說是只要我交給他一萬八千元的費用，他有信心找一個好律師，幫我把所有的『投資』弄回。」她又燃起新的希望——只要一萬八千元的代價，就可把所有的損失討回，看來這樣的交易還值得吧？

也許是當局者迷！還是已經亂了方寸的米雪，仍在病急亂投醫呢？旁觀者清的先生點了點她：

「妳連對方的面都沒見過，唯一的管道就是電子信箱和已經終止的手機號碼，請問妳如何去告他，如何討回你的損失？再付一萬八千元的律師費，好像才走了一個舊的騙子，又迎來一個新的騙子，換來換去，我看到的就只有騙子二字，不過大騙小騙而已，唉！不全都是『肉包子』嗎？」

　　哎！不景氣的年代，似乎只有騙子這一行業特別景氣？我們除了小心防範，居安思危，還能如何？

浮沉之間

記憶中的兒時，每逢六月下旬，學校的暑假即將開始之際，就常常看到身為小學老師的媽媽和學校校長深鎖眉頭的憂戚面孔，因為又聽到有淘氣的學生在海邊或溪河中戲水溺斃的噩耗傳來，不消說，這個壞消息的確令各校的師長們提心吊膽，唯恐下一個悲劇會發生在他們任教的學校。

在我家，游泳池從來就是絕緣體，因為游泳太危險了，在台南唯一的市立游泳池，當夏天還沒來臨，就已是人滿為患，除了在小小的池塘裡像沙丁魚一般人擠人罰站，乾過癮外，幾乎無法動彈，似乎一無發揮泳技的空間，還可怕的是結膜炎總在流行，細菌滿天飛，很容易遭到池魚之殃，隨時會沾上一對紅眼睛回家，禍及家人，茲事體大啊！更何況門票還蠻貴的呢！就這樣，好像不准去市立游泳池遊（游）玩是天經地義的合理家規。

因此之故，我壓根就不敢幻想今生能有像蛟龍一般浮游在池中瀟灑逍遙的一天，沒有希望自然也就沒有失望的傷感，只是童年的無邪歡樂，似乎也這樣比別人家的「野」孩子，少了許多分勇往直前、不怕死的年輕動力了。

進入台南女中以後，開心的是學校排了游泳課，我這個「旱鴨子」，是終於可以與水相親了，奈何好不容易狠下心來，用積蓄多年的壓歲錢買下的美麗新泳衣，緣於下雨、天冷或是泳池老舊待修之故，也不過只有膽小地，蹲在最淺的池邊亮相幾回的機會，就無奈的被束之高閣了，煞是無緣啊！

　　今年暑假，住家附近的時代廣場，在歷經四年的興建，終於在居民翹首引領、千呼萬喚之下完工了，而二十四小時的健身中心是第一炮搶著頭籌開張營業的商店，為了製造人氣，它半賣半送的發出促銷優惠，我連騙帶押的把先生領到健身房免費的試用計畫中，這個一向不喜運動，即使在戀愛時期迫於無奈，也不過勉為其難地陪我壓過有限的幾次馬路外，從來都是堅決和散步說 No 的傢伙，居然令我跌破眼鏡的一口答應成為會員。

　　從此，我們兩個難得夫唱婦隨的愚夫愚婦，開始每天在健身房成為準時報到的好學生與最佳拍檔，更沒想到這個南一中畢業游泳課六十分低空飛過的「半」旱鴨子和我這個南女中畢業，游泳課五十分不及格的「純」旱鴨子，居然開始在泳池中約會，愚夫勤學不輟，日起有功，終於可以抱著仰式、蛙式地在水中如魚得水的享受漫遊（遊）的瀟灑，而常被他譏笑為航空母艦的愚婦在下我，依然無法漂浮於水面，我再次發現游泳的艱難，高中生涯的游泳歷史像惡夢般再度出現，而那個縮在淺水池畔低徊無助的「傻小鴨」又重生了。

　　五十步的「新」生洋洋得意於自我「大器晚成」之餘，起初還頗有愛心地教我「這樣這樣」地揮舞手腳，漸漸地對總是「怎樣怎樣」發問的那個「不可教也的孺子」，耐心愛心全失（濕），為了不可被貶的自尊心，我發奮圖強地求助於 YouTube 的視訊游泳課程，每天在電腦前踢腿，磨刀霍霍，準備在流水中大試身手，可惜水中世界，畢竟和陸上出操的結果大相逕庭，有時幸運地手腳和心口如一，搭配完美，難得可以不至「沉淪」，但是多半時間都在浮沉之間蕩漾，尤其是越緊張越不能放鬆，就越不能浮起，我終於體會出所謂「載沉載浮」的況味了。

　　沉淪在極度灰心的水底世界之時，意外地發現健身中心有免費教導水中韻律操的課程，參加以後，才驚覺我將可以恣意暢遊水中世界，依然達到手腳兼用並且活動筋骨的目標，只是我再也不必擔心沉到海底的恐懼，或沉或浮不再困惱我那強烈不可侵犯的卑微自尊，水中之路因而變成無限寬廣，我又何必一定執著於會不會學會游泳之事？已經是年屆退休的歐巴桑一個，何苦逼己太甚？凡事隨緣，幸福自在其中，反正橫豎我總是穿著了心愛的泳衣在游泳池中穿梭，樂趣是一樣的，又何必曰「游」呢？

　　我終於明白，浮沉與否，端在一念，彷如人生一般，細細思量，一路走來，無論求學、就業，我們所經歷的一切客觀環境，不如同水急波高的池水，放輕鬆些，坦然面對，浮時輕快，沉時沉著，高高在上時，不必驕矜狂傲，低沉下陷時，亦無須惶恐，畢竟沉浮隨緣，生命自有契機，都各有歡喜，游泳池中別有洞天矣！我好高興於自己的豁然頓悟，浮沉之間都不再煩惱了，這個夏天充滿意義！

人算不如天算

　　女兒在我皮包裡抽出我的信用卡，對著我說：「媽，我已把我們所有的資料輸入航空公司的表格中了，現在只等妳把信用卡號碼打上，就算完成買好回台灣機票的工作了。」

　　「再等等，我朋友上個月訂的票才七百出頭，怎麼現在已經八百多啦！再緩一緩，搞不好還會有更便宜的票價出現呢！反正現在才四月，離暑假還有段距離嘛！」

　　一心想回台灣度假的女兒，自是焦急非常：「不能再等啦！妳已錯過三月份的超優惠待遇，如果再等下去，石油又漲價了，到時機票會越來越貴，妳又要後悔現在的遲延了。況且我找遍各家航空公司，這家公司的機票已是最便宜的，你就把握良機吧！」

　　女兒半是慫恿半是威脅的，使我好像是吃了迷魂藥般，居然在她半推半就下，在電腦畫票的訂單上打上我的信用卡號碼。就這樣，我們回台灣兩個月的遊玩大業成了定局。先生損我：「沒出息，被才十五歲小小年紀的女兒牽著鼻子走，妳有沒有搞清楚，到底誰是媽呀？」

　　「唉！沒辦法！從善如流嘛！畢竟她說的也有幾分道理呢！萬一機票價格步步高升了，我豈不是要懊惱捶胸呢？」又哪裡知曉，五月中，一場豬流感的異軍突起，機票價格一落千丈，我畢竟沒有佔到最大便宜。

　　整個七月，我們的台灣旅程，在炎炎夏日裡，稱心如意的開展著，尤其台北遊後，乘著飛速的高鐵返回我的台南老家，親朋老友

重逢，吃喝玩樂，不亦樂乎。八月七日還惆悵於即將北上，然後搭機返美的離情依依的，怎知半路殺出一個「莫拉克颱風」，我們被風狂雨驟的「程咬金」困住，動彈不得，當時急得像熱鍋上的螞蟻，深怕趕不上班機，真是人算不如天算，急煞人也！

　　等到幸運及時趕回台北，沒想到仍然傾盆大雨，同行的老母決定停留台灣，我以為屆時到機場再報告缺席之事，我們就算放棄機票，但尚可保住機位，為我這個「懶驢上磨屎尿多」的小胖胖，留個一人坐兩位的寬座吧！又怎知人算不如天算的糗事再加一椿，航空公司謂：「一個名字只能擁有一個座位，如果飛機起飛時，乘客沒有現身，要罰一百五十元的 No-show 費用。」我的天，我的如意算盤怎麼總是不靈光，真是賠了夫人又折兵，徒呼負負！只有苦中作樂，退而求其次的感謝上蒼，賜給我坐在走道邊補位的鄰居，是一個年輕和善的瘦姑娘，可以忍受我和女兒進進出出，頻頻往洗手間報到的干擾。

　　和先生談到此番旅次許多意料之外的遭遇，我向他大吐苦水，感歎一次次「人算不如天算」的無奈，沒想到這位仁兄居然不急不徐的回應了我：「的確如此啊！想當初結婚之前，我聽許多長輩說妳是『才』女，而且教學多年，更還是『財』女一個，怎麼結婚之後，搖身一變成為『豺』女一隻，兇猛無比，而且除了養在深閨做『坐』（作）家外，似乎無見所謂的『才女風範』，害我以前一直誤以為我得到了一份『天上掉下來的大禮物』，如今方始頓悟，其實我才是妳『天上掉下來的大禮物』啊！唉！我才真是『人算不如天算』呢！」

　　看他那廂語言暴力，一副「殺人不眨眼」的狠勁，竟令我不知不覺的淪為「踩」女，被他踩了又踩，莫非人生真是這般人算不如天算哪！

流淚

去年接到小瑋多封的電子郵件，幾番邀我抽空返台遊玩及敘舊，她的說詞是：「年歲漸長，人到中年，對過去的時光、過去的朋友特別懷念，相見時難別亦難，多見一面是一面啊！」說得我感同身受，不勝唏噓，就匆匆買了暑假機票返台相聚去也。

從小就與小瑋相識，她弟弟是我小學同班同學，又住在同一眷村，本應熟悉，但獨生女長我兩歲的她，總是含蓄深沉，惜言如金，所以我和她沒有什麼交集，有趣的事是在十多年後，我們居然同在國立台南商職任教，因而多了些接觸，再加上她是我做導師班的科任教師，自然由於學生之故，有共同的話題，來往就頻繁多了，老友新識，也別有一番滋味。

雖然過從比小時候親密些，但她的沉穩特性依然如故，在一起時，熱情的我，總是問一答十，心無城府，劈哩啪啦的毫不設防，全然沒有秘密可言；而她即便是要走入禮堂，先生仍是神秘寶藏，無從識得廬山真面目，所以惹得眾家同事的埋怨，損她冷靜過頭，不夠意思，並發誓此後如法炮製，與她相處，多發問，少回答，才不至於心事套遍，總是「知己」卻不能「知彼」，讓她的生活永遠是「雲深不知處」般神秘，無法禮尚往來，朋友一場，實在有欠公平。

我來美二十一年，每次返台，她倒熱情相迎，只是她做了多年的「張老師」，冷靜沉著的個性更上一層樓，談起生活處事態度，我們仍是大相逕庭，她笑我感情茂盛，一生人為情累，我則激她血

液冰冷，半輩子有理無情。我們唇槍舌劍，一來一往，各說各話，難分軒輊，也許是體認遠來是客的事實，她是主人，自不好堅持，她不禁嘆息：「妳總調侃我冷漠無情，殊不知我看電視劇時，常常會為劇中人的遭遇哭泣流淚呢！妳哪裡看到我柔情的一面呢？」

「哇！妳也有流淚感性的時候啊！真是失敬失敬！我有些跌破眼鏡呢！」我很吃驚的接下話去。

「當然，『張老師』多年，為了專業，在協助處理個案時，尤其需要理性分析，肯定回答，讓人信服，唯有把自己投入求助者的立場，才能和他們同聲一氣，彼此共鳴，但回到現實後，就得抽離那些悲傷情節，返回自我，這角色的轉換，有時沒法那樣快速，所以就只有透過眼淚來發洩，我覺得憑藉淚腺的管道，我的情緒比較容易早些調適歸位，同時也順便以它滋潤我那時而乾燥的雙眼，我發現流淚的好處可真不少呢！」

唉！三句話不離本行，理智的人永遠都是理智的，連流淚都要有道理，真無趣！我也愛看連續劇，每次看到悲哀處，眼淚鼻涕，淅瀝嘩啦，揮灑自如，沒有目的，純粹與主人翁同聲一哭，為悲而悲，我覺得源於天生同情心而掉下的眼淚最真誠。人家說：「演戲的人是瘋子、看戲的人是傻子」，我覺得其實做傻子也是一種幸福，因為我們不必經由痛苦經歷而留下淚水，卻也因此體會了人生，畢竟還很幸運，我很感謝這種福氣，只是人到中年，各種悲歡離合一一看過，對悲劇故事已無抵抗能力，我很怕再看那些苦得人肝腸寸斷的悲劇電影了。

一位博士朋友，剛被炒了魷魚，心情非常惡劣，我勸她何妨看看電視，紓解紓解苦悶無聊的時刻，沒想到她一句話：「自己的際遇已夠悲慘，都快消化不了了，哪還有多餘的能力再去招架別人的痛苦？」，就把我的好意給頂得啞口無言。

　　我以為不需刻意尋求眼淚的意義與功效，單純地從別人的故事中流下自己深切的眼淚，參透自己倖免於碰觸旁人的艱苦遭遇，就是個人最大幸福的領會，這番流淚，即使滿面，也都該慶興的，不是嗎？

被「電」的日子

　　在啟智國中任訓導主任的二姊對我說：「我的學生都會打中文電腦了，妳怎麼還像鴕鳥一般，躲在妳的象牙塔裡拒絕現代科技？這樣下去，就只有等著被時代淘汰吧！」

　　「哪裡是我拒絕電腦哪！根本是電腦拒絕我呢！妳看先是我好不容易脫掉靴子，走進木頭地板的電腦教室，就差點被滑不溜丟的地板滑了個四腳朝天；接著開機，怎麼一道道『進入』的指示，機器的門卻始終打不開、進不去，往往單單一個開機，就急得人腦袋發麻，不知所以然，懊惱、氣憤的感覺，就這樣把人的學習情緒打翻。我怎麼就成了電腦的『拒絕往來戶』呢！」

　　提起電腦，我就有滿腹辛酸，我不明白，台南商職的電腦教室，為什麼要我們脫鞋，為什麼連一個開關走入其中，都需要那麼多繁複的手續，卻還不得其門而入？總之沒緣就是沒緣，強求不得啊！

　　那已是十五年前的事了，我被二姊責備還不如她的啟智班學生的那個刺激強烈傷害著，心中一直很不服氣，卻又無從反擊，因為我真的很怕這個令人頭大的「絕緣體」啊！

　　十二年前，和洛城作協的王之一、紀剛（《滾滾遼河》作者）老前輩同車去聽作家徐薏藍的演講，七十多歲的王老先生洋洋得意地暢談他用電腦寫作的心得，並剖析電腦創作的諸多好處，他口沫橫飛、意氣風發的驕傲與滿足，再一次催促了我要與它認識結緣的動力。

　　學習電腦的過程相當辛苦與乏味，但是突破克服了這些無聊的開始步奏，做了它的主人之後，你可運籌帷幄自如，運兵遣將，但憑君意，然後就可體會「柳暗花明又一村」的輕飄飄「遺世獨立」的神氣與自滿了。你像變魔術一樣的為所欲為，想要寫作，它就聽從指揮的把漂漂亮亮的文章呈現，只要你「藝高人膽大」，你是聰明的主人，它必定臣服於你的指揮威風之下，將士用命，鞠躬盡瘁，死而後已，電腦的光芒，因而與你這主人相映成輝了。

　　網際網路的發明與發達，使天下一統的時代來臨了，「天涯若比鄰」、「同一個世界、同一個夢想」、「古今中外」俱為一體，只要用滑鼠的手指輕輕一彈，沒有一件事不能不完成，世界沒有秘密了，這是個多麼快速、同步的時代，透過電腦，所有的音訊就在彈指之間顯明，只要你肯學，只要你會用，驚奇將永無盡頭的鋪展出來，你握有一個宇宙，你的想像力將無限延伸。

　　太好了，我們的手上好像抱著一個神燈，與世界接軌，我們享盡無所不能的奇跡發生，，我們因此享有太多的便捷，是多麼幸福！然而，水可以載舟亦可以覆舟，電腦成為我們的至交，一方面我們做了它的主人，創造無限可能，另一方面我們又成為它的僕人，被它奴役，為它掌控，我發現我已深深墜入它的情網，每天清晨，起牀的第一件事，牙還沒刷，就是開機，新聞、氣象、電子郵件、副刊、食譜、保健、msn，相繼上陣。天一亮，它就盤踞了我的整個心間與時間，女兒哇啦哇啦抗議：「媽！我的早餐怎麼還沒做？媽！快啦！我要遲到啦！」

　　晚上時，先生又開始發飆：「哇！晚餐就是這樣簡單的幾個粗茶淡飯，色香味俱『缺』啊？妳的電腦課怎麼還沒放學啊？」

　　民以食為天，我豈有不知，但我已一腳踏入這個「被電的世界」，廢寢忘食，日益沉淪了，「美味遠離」，「沒味親離」，我已得

罪家中的要員，眾叛了，我在家中的地位也沒了，唉！細數這段和電腦相親的日子，我彷彿有些學問了，但伴隨而來的是「小腹婆」的「富態」滋生、永無止境的「眼痛」、「肩痛」緊緊相隨、還有家中男主角、小公主的埋怨不斷。午夜思維，愧疚驟生，頗有覺今是而昨非的醒悟，於是痛下決心，迷途知返，待明朝，一定節制、約束自我的「電腦之戀」。奈何，天亮了，那一個「肯上進」的我，又重回「追尋新知」的懷抱了，唉！愛「電腦成癮」的「疾病」，好像吃了迷幻藥，上了癮，中了毒，欲「捨」還「留」，當「戒」難「戒」啊！

我以為……

　　克莊是班上第一個出國的同學，當年為了好友遠離，從此別時容易見時難了，我於是在春寒料峭的二月初春裡，專程北上看望，猶記當年——離情，「高閣客竟去，小園花亂飛」的無奈，最是惆悵啊！當我返南時，克莊執意要往台北車站送行，「我以為」她出國前夕，諸事繁雜，實不宜再費事往返，故只約略告知車次，卻堅不透露車廂號碼，而婉拒她趕來相送的念想。

　　殊不知，我黯然上車，正一遍一遍地在心裡念著好友分散，各在天涯的悲涼，多少凄惻、暗自惘然的同時，克莊又何嘗不是如此？我為了求得心安，不忍她來送別，但她亦感念老友的盛情，仍趕往車站，結果是換得她連夜的一封快信：「四點二十匆匆前往台北車站，但見月台人潮洶湧，獨不知妳在何方？我殷殷尋覓，心急如焚，卻依然不見妳的蹤影，終於無奈地望著車廂啟動，目送它漸行漸遠而去，萬般傷痛，念此後一別，不也如這班車次更行更遠了嗎？好不辛酸！好友，妳原本出自一片美意，不忍累我奔波，可知留下的憾恨有多少？」我閱信後的懊惱，更是溢滿胸懷，經年不能散去！

　　命運的安排真是奇妙，十多年後，我們在洛城重逢，談到這段往事，我們倆異口同聲地說：「易時異地而處，同樣的事情如再發生，相信我們處理的方式依然如昔，因為『我們以為』，唯其如此，方能不負彼此之間的那份深情，也才能讓我們心安！」

　　「我以為……」我們常常用自己的想法來衡量諸事，也堅持自己的論調是正確的，但事實上真是這樣嗎？

　　最近幫一位不會上網的朋友寄稿，她嘔心瀝血的寫了三萬字的小說，同一個電子郵件信箱，我投寄三回，卻一直未被收到，地址無誤，打到台灣詢問，對方總是說：「我們的信箱常是這樣，妳要一次一次地試，直到成功為止！」

　　那天深夜十二點，我才剛趕完一篇文章，關了機，已經眼睛充血，疲倦不堪了，朋友無限慌張傷心的來電，拜託我務必再「伊」一次，出版社正在台灣的網上等待，朋友焦急地說：「十天了，我要為這樣意外的狀況逼瘋，如果妳現在不寄出的話，我一晚都不能睡覺啦！」。

　　我帶著困乏和不悅埋怨：「妳能睡覺啦！換成我要失眠了！因為妳讓我有很深的挫折感和罪惡感！好像我很低能或是從中作梗！我以為那麼大的雜誌社，收稿不斷，不可能發生這種烏龍事件的！會收到的，一次就會收到，不會收到的，試再多次也是枉然，別糟蹋我的時間吧！」

　　「妳不要再『以為』啦！妳每次的『以為』都不靈的！快點寄吧！」我好無奈的再度開機，感慨「好人好得好辛苦」地，第四度發出有可能還是「下落不明」的檔案！結局如何？果然「石沉大海」，我真的一夜難眠，好像在守候一個必定會失敗的實驗，好痛苦！

　　更可怕的是，這幾天，我突然接到幾位電子信箱附屬於公司、機關甚或校園的朋友來電，責備我的「矯情傲慢，置他們的關懷問候甚至急事詢問於不顧，實在有夠冷漠。」

　　我的天，這個飛來橫「批」，把我轟得委屈莫名，我對所有來信，一向總是「馬上回應」的「敬業」效率，居然「毀於一旦」，錯在哪裡？我的有限人腦，實在參不透其中原委，看來「我」始終「以為」科技是無限、電腦是萬能的認知，有需要修正了，只是凡事「追根究底」不達「水落石出」，決不甘休的固執，又使我對曾

經擁有的「以為」不肯放棄，唉！「信」歸何處？我真的好想好想
知道。

大火、火大

一早，送女兒上學，她下車時一再叮嚀：「媽，妳今天千萬別再去散步了，因為洛杉磯的空氣太壞了，學校已把所有的戶外活動都取消了。」我嗯呀嗯的應著，心裡想「火災在好萊塢及聖地牙哥方向，離我家十丈遠，怕什麼？不運動舒活筋骨，那才難過哪！」所以仍照原計劃地先趕去家教，然後再依然「日行一『動』」，沒想到那個家教的大學生羅傑也是同樣殷切叮嚀，甚至加強語氣說：「老師，妳真的要聽女兒的勸，別亂跑了，妳看室外的空氣多麼汙濁，煙灰滿天，我的眼睛乾澀、喉嚨疼痛，覺得呼吸好困難，晚上都無法睡覺呢！」

我損他：「命太好哪！所以如此嬌滴滴，挺像溫室中的花呢！」

他氣說：「我是男生，怎可比擬為花？老師！忠言逆耳，妳若不信，保證會嚐到苦頭，別跟自己過不去吧！」

結果，真不是蓋的！我跨出羅傑家時，西邊的天空，一片烏黑，並且有火光在烏黑中閃爍，不只氣溫高熱尚且透出許多焦味，令人極不舒適。我皺起眉頭，心頭一緊，暗想這光景不妙，喉頭就跟著乾灼起來，莫非真中了蠱惑？

新聞快報不斷放著幾處熊熊大火的時況，消防隊、消防車再加上高空盤旋不去的直昇機，一幕幕驚心動魄，那光景猶如911、猶如伊拉克戰爭，這樣的畫面實在令人毛骨悚然，看到受災者驚惶失措又割捨不下依戀，撤離家園時的無助與悲苦，教人慘不忍睹，愴然淚下。

　　八天了，南加州七縣市三十多場大、小火已燒毀五十一萬六千三百五十六畝林地，仍有七處大火，火勢未能遏制。聖地安那焚風，助長了火勢像雲霄飛車般，一度以為已控制住一半的局勢，後來卻又轉劇。還好新聞說：「這兩天，已稍能見到清澈的藍天白雲，彷彿像撥雲見日般，象徵洛杉磯漸漸走出野火煙塵籠罩的陰影了。」

　　這些天來，眼睛、喉嚨的不適更加嚴重，本來週六固定北上和我們聚會的大姑說：「這週不去看你們了，我要好好『看』家，免得回家時發現只剩一座廢墟了！」住家距聖地牙哥一小時車程的她，強作瀟灑地和我們打了通知會電話，我們都笑不出來，甚至連數落她「矯枉過正的，未免太神經質」的話，都說不出口，畢竟水火無情，眼睜睜地看到祝融肆虐的鏡頭一再呈現，每個人都不敢掉以輕心。

　　朋友盧諦說：「住聖地牙哥的外甥上班時，整個辦公室的人都無法也無心工作，因為大家都在待命，深怕政府要所有員工撤退的緊急命令會隨時來臨，那種風聲鶴唳、草木皆兵的恐怖，的確令人不寒而慄。」

　　老友光裕的同事從橙縣趕赴上班時，整條高速公路被一列列的消防車密密封鎖住，左邊是火海奔騰，即將撲面而來的燃燒烈燄像要把人吞噬一般，而強速的焚風仍在「助紂為虐」，眼見火花就將跳竄地把右邊染紅，千鈞一髮，大家在燥熱的空氣裡，燒得冷汗、熱汗直流，像極了恐怖影片般的畫面，仍在眼間出現又出現，真教人不知身陷夢裡還是活在真實中？

　　據說加州州長阿諾對縱火者、趁火打劫者、甚至消防隊的營救表現，都相當「火大」，但是詁衡實際狀況，只能使人有感天災之禍，莫之能禦的無奈，畢竟是野火燒不盡，「秋」風吹又生啊！不管是看到的，還是聽到的，都在在使人感受到烈火無情的殘酷，想

到感恩節馬上來到，更是別有感觸，除了感恩親友都倖免於難之外，特別祈求老天憐憫，讓火災早日煙消雲散，讓大地重回清新。

把握當下

深夜十二點了，我站在窗前，但見風狂雨驟，耳聞風聲呼呼嘯叫，窗外是一片慘白茫茫，距離我預定北上，也是「八七水災」五十周年的日子，怎麼會遭遇這樣一場的狂風暴雨，真是恐怖，令人驚嚇。

本擬八月七日回北，和九日返加拿大的麗莉學妹，與十一日去英國的好友美冷相聚的，無奈颱風「莫拉克」的造訪，豪雨颶風為南台灣帶來莫可言宣的重創，高鐵停開，縱貫不通，路上、空中交通，相繼中斷，行不得也。

二姐本欲開車送我和女兒北上赴約的，怎知住宅大樓的電梯又壞了，下不得樓，幾大箱行李，七樓太高，根本抬不下去，前一天，原曾打算把箱箱行囊先放到汽車上去的，怎奈一個偷懶，忖度明天再搬也不遲嘛！就這樣，誤了打包良機，眼見約會的時間日益緊迫，而我卻始終困在台南，急壞了，顧不得半夜三更，直撥台北的麗莉，告知南部災情，無法履約的無奈。

那知她已收好行李，早早入寢，準備隔天的早班飛機，我很懊惱，沒想到一向善解人意又體貼入微的她，卻安慰我：「天災人禍，無法預料，怪不得你的，好在你下飛機當天，我趕去永和看望了你，十年的分別，總算見著了，雖說聚談不多，也算差強人意，滿足啦！別感傷，我們還會再見的，不過，我卻因此別有領悟，我們真應該把握當下的，不是嗎？想想這次你返台，難得停留有七個星期之久，我也有三個月時光，待在台灣的日子都不算短了，只可惜我們

各自要忙於照顧個人的母親，你南下，我留北，畢竟未能多聚，有些遺憾，不過好在我及時抽空和你會上一面，即便是匆匆一敘，也聊勝於無啦！」

可不是嗎？人真應該活在當下的，麗莉的飛行班次，還好在機場關閉的第二天，順利出發，而我和美泠的約定，卻在一通通「明天再看看吧！也許驟雨稍歇，路況就會暢通無阻了，別急！別急！要有耐心和信心，我們一定會碰面的！」中推延著。只可惜！美泠欲搭的班機，即將起飛的此時，我依然因為莫拉克強勁的後遺症，無法成行，想到下周自己就要回洛杉磯了，一個多月的度假，總以為來日方長，許多重要約會，一拖再拖，才造成最後一分鐘的陰差陽錯，實在後悔莫及。

電視螢幕上還在播放悲慘無比的災難畫面，看了，令人鼻酸，畢竟人溺己溺，感同身受，唉！我的遺憾跟災民來比，實在是小巫見大巫，但是同胞們倘若大家明知颱風會來，能夠「把握當下」，聽到「風」聲，就立刻開始防範或者接受勸導，早早疏散，相信造成的後悔和損失必定會少很多的，「把握當下」的哲理，真該牢記在心的啊！

今生的驕傲

我把一套套的衣服在皮箱裡拿進拿出，好多趟了，總是為該帶幾套衣服在費心，思量將如何給分別兩年的海外華文女作家文友好看？乍見時，讓彼此都有別來無恙，美好如昔的好印象。就這樣，我玩著換裝的遊戲，好不辛苦！

前年，我們二十周年歡聚後，就計畫著今年雙年會的重逢，台灣——我們魂牽夢繫的地方，是此次大會團圓的美地，毫無疑問，這場相遇，是我們翹首企盼的約會。十一月四日晚，僑委會的款宴，一片歡喜，為大會做了最熱烈的暖身，隔天，我們切磋琢磨，談文論藝的盛會開始了，多麼興奮，有幸見到蕭萬長副總統蒞臨致詞，副總統推崇「作家是心靈的工程師」，強調參與盛會的作家朋友們，都是全世界華人社會的心靈工程師，期盼我們能筆耕不輟，創作積極正面、啟發人性善良面的作品與大家分享。他並引述，馬總統「經濟可以讓國家強大，但文化可以讓國家偉大」的談話。期許與會作家們繼續為人類、尤其是華人社會，做出更多貢獻，談到明年建國一百年相關慶祝活動也多以文化為主軸，其中有關文學方面的活動，更希望作家們能夠踴躍參與，共同提升台灣的文化素養。

然後是八位（范銘如、譚湘、平路、章緣、叢甦、陸卓寧、黃春明、劉克襄）藝文界的名家演講，聞一言以自壯，真是令人獲益良多，忝為大會記錄的我，肩負不小責任，更是振筆疾書，唯恐有所疏失。

　　十一月六日作家書展後，我們的書籍即贈予國家圖書館收藏，以作為研究海外華文文學以及有關女性文學之資料。贈書儀式由國家圖書館顧敏館長代表接受贈書，並向我們海外華文作家致上最高謝意。

　　十一月七日我們全體會員前往宜蘭礁溪遊覽，參觀傳統藝術中心，大雨滂沱中，我們在藝術中心遊興不減，吃吃看看，頗是愜意，偷得浮生一日遊，實乃美事一椿。

　　最最興奮的則是總統馬英九先生，八日上午在總統府接見我們第十一屆雙年會會員一行，馬總統期勉大家振興文化。他強調中華文化傳承的重要；他說：「國家文化總會、文建會正分別推動編纂雲端式中華大辭典與海外設置台灣書院的工作，目的就是要發揚具有台灣特色的中華文化，希望全世界都能看到台灣精彩的軟實力。」我有幸與總統兩度握手，接受慰勉激勵，內心的悸動，一言難盡。

　　總統府不遠，卻是我辛勤教學和努力創作，跋涉了三十五年的漫漫長路，才能走到的佳美之地，其中跌宕起伏的經歷，更是點滴在心頭。八日下午，我們還前往實踐大學參加國內、國外作家座談會，接受前國民黨副主席、文建會主委林澄枝女士，實踐大學董事長謝孟雄先生的盛情款待，他們對作家殷切誠懇的招呼之情，真真令人感動，同一種興趣，惺惺相惜的表現，在在顯示文藝拉近人與人之間距離的力量。而他們謙虛為懷、待人熱情的氣質，讓人如沐春風，倍覺溫馨，更是令我們印象深刻。

　　我在會議結束後數日，更是不眠不休的，將幾日豐碩活動的大會記錄完成，寄達大會，可謂完成挑戰，這些日子，忙碌始終未曾稍歇，卻顧所來徑，這一路，僕僕風塵，形體勞累非常，但是精神上，卻是備受鼓舞和啟示。

　　這一次的台灣行真可謂豐盈充實，突然感覺自己有一種「笑看藝文天地寬，人生真真美麗」的情懷，回首創作來時路上的跌跌撞撞，更有「風雨寒暑皆天惠」的了悟。

　　冬日的台北，天空持續陰霾，綿綿的細雨，仍在滴滴答答的落著，在這樣的背景後面，我依然忙碌於行李的打包工作，依然為即將超載的皮箱做減肥的斟酌在傷腦筋，就要揮別了，離情依依，總是不捨，行囊超載的不僅是有形的重量，在我心頭更是承載了縷縷絲絲的甜蜜懷念，這一趟生動的文藝之旅，將是此生最驕傲的回憶，從此記憶生根了，我知道這雙被總統握過的手，將化成抒發人間真善美故事的利筆，便縱使肩頭的擔子加重了，可是我不擔憂，反而更加義無反顧的奔騰前去，畢竟，寫作終將是我此生最無悔的追尋啊！

左起韓秀、莊維敏、簡宛、李敏慧、喻麗清、朱立立、吳玲瑤

2011 年 4 月 17 日北美洛杉磯華文作家協會第十屆會長交接儀式上，
被賦予副會長之職務。

語言文學類　PG0532

依舊深情

作　　者 / 莊維敏
責任編輯 / 林泰宏
圖文排版 / 蔡瑋中
封面設計 / 陳佩蓉

發 行 人 / 宋政坤
法律顧問 / 毛國樑　律師
印製出版　秀威資訊科技股份有限公司
　　　　　114 台北市內湖區瑞光路 76 巷 65 號 1 樓
　　　　　電話：+886-2-2796-3638　傳真：+886-2-2796-1377
　　　　　http://www.showwe.com.tw
劃撥帳號 / 19563868　戶名：秀威資訊科技股份有限公司
　　　　　讀者服務信箱：service@showwe.com.tw
展售門市 / 國家書店（松江門市）
　　　　　104 台北市中山區松江路 209 號 1 樓
　　　　　電話：+886-2-2518-0207　傳真：+886-2-2518-0778
網路訂購 / 秀威網路書店：http://www.bodbooks.com.tw
　　　　　國家網路書店：http://www.govbooks.com.tw
圖書經銷 / 紅螞蟻圖書有限公司
　　　　　114 台北市內湖區舊宗路二段 121 巷 28、32 號 4 樓
　　　　　電話：+886-2-2795-3656　傳真：+886-2-2795-4100

2011 年 5 月 BOD 一版
定價：300 元
版權所有　翻印必究
本書如有缺頁、破損或裝訂錯誤，請寄回更換

國家圖書館出版品預行編目

依舊情深 / 莊維敏著. -- 一版. -- 臺北市：秀威資訊科
技, 2011. 05
　　面；　公分. --（語言文學類；PG0532）
BOD 版
ISBN 978-986-221-734-4（平裝）

855　　　　　　　　　　　　　　　100005372

讀者回函卡

感謝您購買本書，為提升服務品質，請填妥以下資料，將讀者回函卡直接寄
回或傳真本公司，收到您的寶貴意見後，我們會收藏記錄及檢討，謝謝！
如您需要了解本公司最新出版書目、購書優惠或企劃活動，歡迎您上網查詢
或下載相關資料：http:// www.showwe.com.tw

您購買的書名：_____

出生日期：_____年_____月_____日

學歷：□高中 (含) 以下　　□大專　　□研究所 (含) 以上

職業：□製造業　□金融業　□資訊業　□軍警　□傳播業　□自由業
　　　□服務業　□公務員　□教職　　□學生　□家管　　□其它_____

購書地點：□網路書店　□實體書店　□書展　□郵購　□贈閱　□其他

您從何得知本書的消息？

　□網路書店　□實體書店　□網路搜尋　□電子報　□書訊　□雜誌

　□傳播媒體　□親友推薦　□網站推薦　□部落格　□其他_____

您對本書的評價：(請填代號 1.非常滿意 2.滿意 3.尚可 4.再改進)

　封面設計____　版面編排____　內容____　文／譯筆____　價格____

讀完書後您覺得：

　□很有收穫　□有收穫　□收穫不多　□沒收穫

對我們的建議：_____

_____

_____

_____

11466
台北市內湖區瑞光路 76 巷 65 號 1 樓

秀威資訊科技股份有限公司 　　收

BOD 數位出版事業部

....

（請沿線對折寄回，謝謝！）

姓　　名：＿＿＿＿＿＿＿＿＿　年齡：＿＿＿＿　性別：□女　□男

郵遞區號：□□□□□

地　　址：＿＿＿＿＿＿＿＿＿＿＿＿＿＿＿＿＿＿＿＿＿＿＿＿＿

聯絡電話：(日) ＿＿＿＿＿＿＿＿＿＿　(夜) ＿＿＿＿＿＿＿＿＿＿＿

E-mail：＿＿＿＿＿＿＿＿＿＿＿＿＿＿＿＿＿＿＿＿＿＿＿＿＿